鷹山誠一
Takayama Seiichi
[イラスト]
SNM
Illustration
Sunimi
呪われし勇者は、
迫害されし半魔族の
少女を救い愛でる
UG novels

ミスラ
シャラザード

ラクシュ
ロスタム

「んしょ、んしょ
痛くないですか？
それとも弱いでしょうか？」

UG novels

呪われし勇者は、迫害されし半魔族の少女を救い愛でる

鷹山誠一

Takayama Seiichi

［イラスト］

SNM

Illustration SNM

三交社

呪われし勇者は、
迫害されし半魔族の少女を救い愛でる
[目次]

Contents

第一話

呪われし勇者は、迫害されし少女と出会う

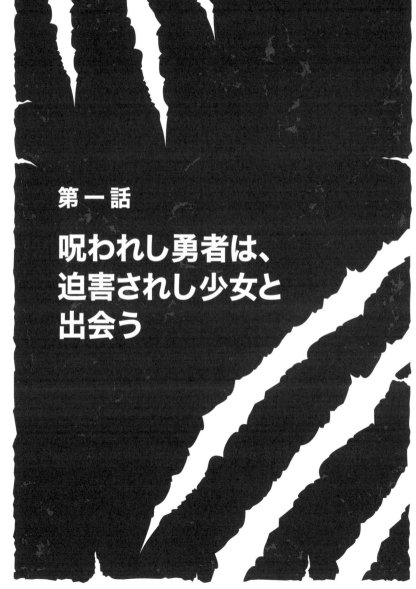

第一話

「換金してくれ」

どんっ！　俺は巨大なドラゴンの首をカウンターに乗せる。

「うおっ！　こ、こいつはブラックドラゴンじゃねえか！」

ギルドマスターがぎょっと目を剥く。

S級クラスのモンスターだ。そりゃ驚きもするだろう。

まあ、俺にとって鼻歌交じりで倒せる、大した敵でもなかったが。

「こんなのをよくもまあ。さぞ名のある……げ、げええ、もしやあんた、ロスタムか!?」

ギルドマスターが俺の顔を見て、ブラックドラゴンを見た時以上に驚いた声を上げる。

その声を聞きつけて、ギルド内にいたほかの冒険者たちがどよめきだした。

「ロスタムってあの魔竜王ザッハークを倒したっていうあの怪物か？」

「そらブラックドラゴンぐらい、楽勝か」

「なんでそんなのがこんな小さな街に来てんだよ!?」

冒険者たちが、畏怖のこもった目で俺を見つめ口々に噂する。

そう、俺の名はロスタム。

この国を恐怖のどん底に陥れていた魔竜王ザッハークを倒し、英雄と呼ばれる男――

――になるはずだった。

「ま、間違いねえ！　あの醜い鱗！　あんなのつけてるやつはロスタムだけだ」

「うっわ！　勘弁してくれよぉ、俺たちまで呪われちまう」

だが、現実はこんなものだ。

それというのも、この俺の服の首筋から頬までを浸食する竜の鱗のせいだった。

俺は確かに三日三晩の死闘の末、魔竜王ザッハークを倒した。

当初こそ、人々はそんな俺に感謝し、温かく迎え入れてくれたが、やがてすぐに手のひらを反すようになった。

「なあ、ロスタムさん。済まんが、この街から出てってくれないかねぇ？」

ギルドマスターが申し訳なさそうに、しかしきっぱりと言ってくる。

と、まあ、どこへいっても、こんな扱いだ。

全てはこの「竜鱗の呪い」のせいだった。

ザッハークの心臓の血を浴びることで、俺は半竜半人となり、さらなる力を手に入れたが、その異形な姿を人々は忌み嫌った。

呪いにしたって、別になんら他の人間には害はないのだが、いつの間にやら呪いが伝染《うつ》るなんてデマまで広がっていた。

昔は誤解を解こうとやっきにもなっていたが、もはやそんな気さえ失せた。

「ああ、言われないでも出ていくさ。ブラックドラゴンの懸賞金を受け取ったら、な」

ブラックドラゴンには、人ひとりぐらいなら一年は軽く遊んで暮らせる懸賞金がかかっている。

それでしばらく隠遁するのもいいだろう。

「さっさと出せよ。この街ぶっ潰されたいのか!?」

気分が荒んで、そんな物騒なことを口にする。

これぐらい言ったって、許されるだろう？

「こ、こ、これでいいだろう!?　さっさと出てってくれ！」

「ああ、わかってるよ。こんなクソな場所に長居するのは俺だってごめんだ」

金貨でパンパンの革袋を受け取るや、俺は吐き捨ててギルドを後にする。

道行く人々が、俺を見て、顔をしかめ、ひそひそと何かを話しつつ離れていく。

うぜえうぜえうぜえ！　ゲロみたいにうぜえ連中どもだ。

「本当にぶっ潰してやろうか、こんな街」

あまりの気分の悪さに、そんな物騒なことをつぶやく。

今の俺ならば、造作もないことだ。

こんな小さな街、それこそ一発で更地にできる。

もはや俺には、人間を守ろうなんて崇高な精神はなく、摩耗しきってしまった。

こんな心の醜い連中は、滅んでしまえばいいと思うことも増えた。

「さぁて、どうすっかな」

正直なところ、かなり迷っていた。

確かに、実行すれば、さすがに犯罪者としてビンゴブックに乗るが、だからどうしたとも思う。

どんな奴らが襲ってきたところで、負ける気はしない。

「痛い！　やめて！　痛い痛い！」

甲高い悲鳴が、響いてくる。

目を向けると、街の人間たちがボロボロの身なりの女の子を引きずっていた。散々殴られたのか、その顔は血まみれである。

なかなかむごいことをすると思ったものだが、その理由も一目でわかった。

月に似た銀色の髪に、血をほうふつとさせる紅眼、なにより少女の耳の上から生える山羊のような二本の角。

まごうことなき魔族の証だった。

「魔族め！　こんなところに潜んでいやがったのか！」

ぐいっとその角を引っ掴み、男は乱暴に少女を地面へと放り投げる。

「や、やめて！　あ、あたしは魔族じゃない！」

「はぁ!?　見え透いた嘘を！　その角が何よりの証だろうが！」

「うっ！　こ、これは……で、でもあたし、お、お母さんは人間だもん！」

少女の悲痛な声で叫ぶ。

なるほど、確かに人里に魔族の子などそうそういるはずもない。

となると考えられるのは、この少女も言う通り、人間と魔族のハーフである。

たまにいるのだ、そういうのが。

とはいえ、人間世界での生活は、容易《たやす》いものではない。

「最近、妙に運が悪いって思ってたんだが、こいつのせいだったたんだな」

「女魔族は特にそうだと聞いたぞ」

「あーっ！　昨日、女房と子供が出てったのもこいつのせいだったのか！」

「あ、あたし知らない。あ、あたしは何もしていない！」

少女はぶんぶんと大きく首を横に振るが、男たちは聞く耳を持った様子はなく、憤怒の表情を浮かべたままだ。

人間と魔族の仲は、決して良いとは言えない。

むしろ不倶戴天の敵として、忌み嫌われている。

今回のように、何かあれば罪をなすりつけられる、そんな存在だ。

それは半魔族であろうと変わらない。

むしろ露骨でさえある。

半魔族とはいえ、単純な魔力は純魔族に伍し、人間を大きく上回る。

魔力のコントロールの甘い子供のうちは大した脅威でもないが、いざ成長して人間を敵視すれば、けっこうな脅威である。

そして、だいたい持ってしまうのだ、悪意を。

迫害されて育つから。

人間は、自分と違う見た目の存在を忌み嫌うから。

ゆえに、見つかったら将来の禍根を断つため、殺されるのが常だった。

守る者など誰一人いない。

「キャンキャンっ！」

「いてっ！　いてっ！　なんだぁ!?」

かと思ったが、子犬が少女を引きずる男の脚に噛みついていた。

「マルス！　だめ、逃げて！」

「あん、てめえの犬か！」

「やっぱり半魔族の犬だな！」

「人間様に噛みつくたぁしつけがなってねえなぁ。おらぁ！」

ばきっ！

「きゃあっ！」

男の蹴りが、子犬をかばって覆い被さった女の子のどてっ腹を思いっきり蹴り飛ばす。

おいおい、こんなちびども相手に手加減一切なしで蹴りとか正気かよ。

ったく、「正義」にトチ狂った人間ってのは怖えもんだ。

まあ、俺には所詮、関係ねえことだけどな。

魔族にも、人間にも、畜生にも、今さらかかわる気はない。

俺はもう、俺のためだけに動く。

誰かのために動くなど、もう御免なのだ。

どうせまた裏切られるだけだから、な。

そう、思っていたのだが、

「う、ううっ！　あたしのお母さんは薬師《くすし》として、この街の皆のため、一生懸命働いていたわ！　あたしだってそれを一生懸命手伝ってきた。なのになんでこんな目に遭わなくちゃいけないの!?」

半魔族の少女が仔犬を胸に抱いてうずくまりながら、瞳に涙を溜め、怒りに満ちた声で叫ぶ。

ドクンッ！　少女の言葉に、俺の心臓がひときわ強く脈打った。

なんだ？

「この角が悪いの!?　この角があるから、あたしをいじめるの!?　そんなものが、なんだっていうの!?　あたしが実際にどんな悪いことをしたっていうの!?」

「っ!?」

胸に痛烈な痛みを覚え、俺はぎゅっと自らの胸を掴む。

俺の心臓が、ますます早鐘のように鳴り響いていた。

少女の言ったこと。

それはずっと、俺が想い続けてきたことだったから。

『魔王を倒し、世界を救ったのに、なぜ皆から嫌悪されねばならない!?』

『この竜鱗か!?　こんなものだけで、お前たちは俺を判断するのか!?』

あそこにいるのは、もう一人の俺だった。

「はっ。そりゃあお前が魔族だからだよ！」

「そういう風に生まれた自分と、生んだ母親を恨みな！　ぎゃははは」

「そうだ。どんな善行積もうと魔族は魔族。人の為とかいうなら、むしろ死ね。それが世の為人の為よ。うははは！」

そう言って笑う男たちの顔の、なんと醜悪なことか。

それを見た瞬間、ぷちんと俺の中で何かが切れる音がした。

「そこまでにしろ」

低く抑えたしかしドスのきいた声で俺は呼びかけつつ、男どもの一人の襟首を引っ掴み、後ろへと放り捨てる。

「うおっ⁉　ぐあっ！」

宙を舞い、地面にしたたかに叩きつけられた男が苦悶の声を上げる。

だが、俺の知ったことではない。

「な、なにしやがる⁉　げええっ⁉」

「そ、その鱗は⁉　りゅ、竜魔人⁉」

「こ、この娘が呼び寄せたのか⁉」

俺の鱗を見るや、一様に怯えた表情を見せる。

ふん、弱い半魔族の少女には粋がるくせに、俺を見たらこれか。

まったく人間って生き物は度し難い。

ムカついたので、手近にいた一人を蹴り飛ばす。

「がっ！」

極力手加減はしたつもりだが、胃液を吐きながらもだえ苦しむ。

本当に貧弱な連中だ。

「二度は言わん。その娘を置いて、去れ」

言い捨て、俺はくいっと顎をしゃくる。

「う、うぐ、ぐぐ、み、見逃せってのか!?」

「ふ、ふざけるな！　は、半魔族は死刑！　それがこの国の法だ！」

「そ、そうだそうだ！」

男たちがうるさくさえずる。

もはや話をするのも鬱陶しかった。だから俺は――

「ひっ!?」

「うっ!?」

「な、ななな、なっ!?」

男たちが一斉に悲鳴を上げ、だだんっとその場に尻持ちをついていく。

そしてそのまま失禁。俺が放った「殺気」にあてられたのだ。

所詮は弱いものいじめに興じていた卑怯者どもだ。

そんな臆病者どもが俺の殺気を食らえば、しばらくは腰が抜けて、動くこともできまい。

辺りはけっこうな人だかり、身動きできぬまま恥をさらし続けるがいい。

こんな小さな町、噂などすぐに広まる。今後、別の街にでも引っ越さぬ限り、延々と白い目で見られることになろう。

くっくくく、まあ、これぐらいいい気味ってやつだな。

このままなぶり殺しにするのも悪くないが、まあ、小さくてもレディの前だし自粛しておこう。

俺はこれでも、紳士だからな。

「大丈夫か？」

俺はそっと半魔族の少女に歩み寄り、片膝をついて問いかける。

しかし、少女はびくっと身体を震わせた後、ぎゅっと仔犬を抱きしめ、隠すように背を向けつつ俺を睨んでくる。

「マ、マルスにだけは、手出しさせない！」

憎悪と敵意に満ちた瞳で、少女は気丈に言い放つ。

俺はむしろ助けたのだが、これまでさんざん迫害されてきたのだ。

こうなるのも無理はなかった。

「いい度胸だな。わんこを守るために俺の前に立ちはだかるか。知っているんだろう、俺の名を？」

「りゅ、りゅ、竜魔人ロスタム……っ！」

少女は涙目になり、身体を震わせる。

やはり俺の噂ぐらいは聞いていたらしい。

だがそれでも、少女はそれでも仔犬の前からどこうとせず、睨むのもやめない。

小さいが、大した娘だった。

俺はちらりと腰を抜かしている男たちにも目を向け、自嘲するように肩をすくめる。

「そうだ、ザッハークを倒しこの国を救ったってのに、嫌われ者なロスタム様だ」

「……おじさんもいいことしたのに、嫌われてるの？」

少女の視線からわずかに険が取れ、少し悲しそうに問いかけてくる。

自分と似た境遇に、共感を覚えたのかもしれない。

俺はニッと口の端を吊り上げ、それはそれは悪どく笑って見せた。

「ああ。この通り、俺は姿がおどろおどろしいからな」

「…………ううん、怖くないよ」

俺の目をわずかもそらさず見据えてから、少女はふるふるっと首を左右に振る。

てっきり同意が返ってくるとばかり思っていたので、少しだけ意外だった。

見れば、少女の目から、いつのまにか憎悪と敵意が消えている。

「だって、おじさん、あの連中と違ってあたしを蔑《さげす》んでない。むしろ……優しい目をしてる」

「っ!?」

その言葉に、俺は不覚にも、目がじんと熱くなった。

そんなことを言ってくれる人間など、今まで一人もいなかったから。

みんなこの、凶悪な鱗ばかりを見るから。

俺も笑う。竜鱗のせいで恐ろしい顔付きかもしれないが、それでも、できる限り優しく。

「俺にはお前たちの苦しみが手に取るようにわかるから、な。俺も同じ、だから。つらいよな。何も悪いことしてないのに責められるのは。殴られるのは」

「う、うう、う……」

俺の言葉に、何かをこらえるように少女の口から嗚咽《おえつ》が漏れる。

そんな彼女の肩を、俺はぽんっとたたく。

「もういい。泣いていいんだ。よく、がんばったな」

「うわあああああああああっ!!」

堰が切れたように叫びながら、女の子が犬ごと俺の胸に飛び込んでくる。

そしてそのままひたすらに泣きじゃくる。

これまでいろいろとため込んできたものもあるのだろう。

そっと俺も彼女を抱きしめる。

細く華奢で、ちょっと力を籠めれば折れそうな身体だ。

しかし、人のぬくもりを感じるのは　、本当に久しぶりで、俺も胸に熱いものがこみあげるのを止められなかった。

第二話

呪われし勇者は、半魔族の少女と共に暮らす

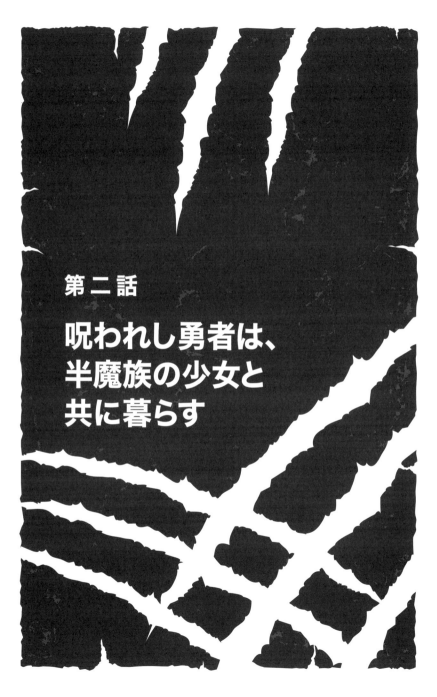

第二話

「ん？　泣き疲れて寝てしまったか」

抱きしめていた半魔族の少女から、いつの間にやらスースーと寝息が聞こえてきた。

尋常ならざる恐怖にさらされ、気を張っていたのだ。疲労も溜まっていたのだろう。

「とりあえず怪我ぐらい治しておくか。ギガ・ヒール」

そっと少女の背中に当てた俺の手のひらから、柔らかな光が生まれ、少女を包んでいく。

途端、殴られて腫れ上がっていた少女の顔が、みるみる内に癒され、その可愛らしい素顔をあらわにする。

そう、可愛らしかった。確かに耳の上にある二つの山羊のような角は異質だが、それでも、こんな美少女は初めて見たってレベルだった。

ったく、こんな子を殴る蹴るとか、あいつら男の風上にも置けんな。

「やはりもうちっとタコ殴っとくか……」

「ううっ……」

俺の物騒なつぶやきに、少女の呻《うめ》きが重なる。

おや？　自分で言うのもなんだが、俺のギガヒールは超強力だ。

致命傷の怪我さえ二〇～三〇秒程度で治してしまう。

にもかかわらず、まだ体調が悪そうということは、

「熱は、と」

額に手を当てる。普通に熱かった。風邪か何かか？

しかし、どうする？　俺のギガ・ヒールはあくまで傷の治療を行うもので、体力の回復や病気の治療までは行えない。

「医者に連れてくわけにもいかんか」

半魔族は見つけ次第処刑。それがこの国の法だ。

実際、街の者も遠目にこちらを見ている。その目は、忌避と嫌悪に満ち満ちていた。

「あのまがまがしい姿、竜魔人よ。あの半魔族も彼が呼び寄せたのかしら」

「確か、魔族やモンスターを引き寄せる呪いに冒《おか》されてるんだっけ？」

「ほんと勘弁よね。あの半魔族と一緒にとっとと出てって欲しいわ」

「まったく。ずっと山の中にでも隠遁してて欲しいわね」

「うん、ザッハーク倒してくれたことには感謝してるけどさ」

「こんなところで油売ってないで、他の魔王たち倒しにいきなさいよって話よね」

……どうやらそのほとんどは、俺に向けてのようだけど、な。

本当に根深いな、俺が魔物を呼び寄せているという噂。

この醜くおどろおどろしい竜鱗が、そう思わせるのだろうか。

やれやれ、これ以上、俺に関するろくでもない根も葉もない噂が広がる前に、とっとこの街からおさらばするのが得策だな。

しかし、問題となるのが、この女の子の処遇だった。

「見捨ててしまうのが手っ取り早くはあるんだが……」

俺はもう誰も助けない。そんなことをしても恩を仇で返されるだけだから。

この街の人間の反応が、それを改めてよく痛感させてくれる。

それはわかっている。わかってはいるんだが。

どうにもこの少女をこの場に置いていくのには抵抗と後味の悪さを覚えた。

「はぁ、どうしてこうなった……」

俺は観念し、深く長い嘆息をこぼす。

この先に次々に起こるであろう面倒事の臭《にお》いしかしない。

まったく、勇者だった頃の甘ったるさがまだ残っていたらしい。

それとも先ほどのぬくもりにでもほだされたか？

はっ、あんなもの、風邪でちょっと熱が上がっていたが為の錯覚だろう？

そう何度も自分に言い聞かせるのだが、

「ん……はあ……はあ……んん……」

俺の胸で眠る少女に目を向けると、頼りなくきつそうな吐息が漏れ聞こえてくる。

か細く小さな手が、きゅっと俺の服の胸元あたりを握り締めている。

俺みたいな化け物然とした奴に抱きついてきやがって。

あげく信用して、あっさりと眠っちまいやがって。

「くぅんくぅん」

少女の愛犬が、彼女の腕の中から這い出し、つぶらな瞳で見つめてくる。

そして俺の頬に、甘えるように顔をこすりつけてくる。

少なくとも俺が、自分たちを助けた存在と認識はしているらしい。

犬畜生ではあるが、なかなか賢くかわいいやつだ。……そして、お前も俺を怯えないか。

まったく珍妙な主従だ。

ちくしょう！　ここで見捨てちまったら、俺は本当にこの街の唾棄すべき人間どもと同類になっちまうじゃねえか。

「ふん、まあ、乗りかかった船だな。とりあえず家にでも連れていくか。……テレポート」

自嘲しつつ、力ある言葉を紡《つむ》ぐ。

瞬間、俺たちの姿は、この街の人間の望み通り、その場からかき消えた。

人間族では世界で俺だけが使える、瞬間移動魔法だった。

＊　　　＊　　　＊

ベッドの上で目を覚ました少女が、右左と視線をさまよわせる。

どうやら、意識が戻ったらしい。見慣れぬ気配に少々、戸惑っている感がある。

「っ⁉　え⁉　ここ……は……？」

「気が付いたか。ここは俺の家だ」

ベッドの隣の席で読んでいた本を閉じつつ、俺は答える。

「っ⁉　おじさんは、さっきあたしを助けてくれた……」

少女は最初、なれぬ声にビクッと身体を震わせたが、俺だとわかるとほっと安堵の吐息をつく。

いつも逆パターンなだけに、どうも戸惑う。

まあ、しかし、その動揺を見せるのも癪《しゃく》である。

「おじさんは少々傷つくな。自分ではまだ若いつもりなのだが」

俺は軽く肩をすくめ、冗談っぽく返す。

しかし、少女のほうはえらく恐縮してしまったようだった。

「す、すみません」

「謝らなくていい。お前ぐらいの歳の人間から見ればそうなんだろう。わかっている」

あまりに少女が申し訳なさそうに謝るので、俺は怒ってないと意思を示すため笑って見せる。

魔竜王ザッハークを倒したのは俺が一八歳の時だ。

あれから、まったくいいことはなかったが、一〇余年経った。

確かに俺も、もうそういう歳ではあるのだろう。

「あの、なんとお呼びすればよろしいですか？　ロスタムさん？」

「ん？　おう、それでいい」

「はい、ロスタムさん。……ああっ！」

不意に、少女が何かに気が付いたように慌てた大声を上げる。

「どうした？」

「マ、マルス！　マルスはどこですか!?　あ、あたしが抱いていた……」

彼女にとっては、よほど大切な存在らしい。

まあ、俺を相手どっても守ろうとしていたぐらいだからな。

「こいつのことか？」

俺はひょいっと、少女が起きたことを喜んでベッドに前脚をかけ尻尾を振っている仔犬の首根っこを掴んで少女に差し出す。

「ああ、マルス！　よかった！　あなたもここにきていたのね！」

少女は受け取るや、ぎゅっと仔犬を抱き締める。

仔犬――マルスも嬉しそうに尻尾を振りながら、少女の顔を舐めている。

「あ、ありがとうございます！　この子もつれてきてくれて！　あの場に残していたら……」

想像したのか、ぶるるっと少女は身体を震えさせる。

確かに、半魔族の飼っていた犬など残していけば、そりゃ十中八九、殺されていただろうな。

「まあ、一人も、一人も一匹もさほど変わらん。……あー、君の名前は何というんだ？」

呼びかけようとして、まだ名前を聞いていなかったことを思い出し、問う。

「あ、あたしはシャラザード、です」

たどたどしく少女――シャラザードは名乗る。

ふむ、『見目麗しく《シャラザード》』か。

『魔族の特徴など現れず、人として見目麗しく育ってくれ』

と、いう人間側の親の願いを見た気がした。

「いい名だな。で、少々、聞きにくいのだが、その……」

「ああ、はい。あたしは魔族である父と、人間の母親との間に生まれた半魔族《ダンピール》です」

「ん、すまんな。言いにくいことを聞いて」

そこは言われなくても、見ればわかってはいたが、な。

俺が聞きたいのは、その先のことだった。

「それで、親はあの街にいるのか？」

見たところ、シャラザードは一二～三歳といったところだ。

そんな半魔族が、たった一人で人間社会を生き抜いてこれるとは思えない。

緊急避難としてこの家に連れてきたものの、できれば早々に保護者に返してしまいたかった。

これ以上の面倒ごとはごめんである。

「いた……けど、三日前に……流行り病で死ん……ううっ……！」

シャラザードは言葉を最後まで言い切ることもできず、ぽろぽろと涙と嗚咽がこぼれる。

こんな年で、親の死を受け入れろと言う方が無理というものだ。

「そうか……悪かったな。嫌なこと思い出させてしまった。俺も子供の頃、両親をモンスターの集団暴走《スタンピード》で突然失っている。その苦しみは、わかるつもりだ」

「おじ……ロ、ロスタムさん、も？」

「ああ、一〇歳ぐらいの頃、だったか」

「それは……とてもつらかった、ですよね……」

「……まあ、そうだな」

わずかに戸惑いを覚えつつ、同意とともに虚空を見上げる。

胸の奥の古傷が少しだけジクリと痛み、そしてじんわりと温かくなるのを確かに感じた。

同情なんてされるのは死ぬほど御免だが、少なくとも、こいつの「つらかった、ですよね」は実感のこもった言葉だったからかも知れない。

とは言え、俺にはこれぐらいでいい。これ以上は、いい。

俺は大人で、なにより「男」だからな。

「が、もう遠い昔の話だ。俺なんかのことより、ガキは自分のことを心配しろ」

「はあ……？」

「まだ顔色が悪い。もう少し寝とけ」

言って、俺はガバッと少し乱暴にシャラザードの布団を掴み、シャラザードの顔に覆いかぶせる。

むしろ泣きたいのは、泣き足りないのは、泣いておいたほうがいいのは、彼女のほうだろう。

とは言え、あまり知らん男に、泣き顔を見られたくもあるまい。

クスッと丸まった布団の中から、小さな笑みがこぼれるのが聞こえた。

「……ロスタムさんって、顔はちょっと怖いけど……優しいね」

「ちっ、ガキがナマ言ってんじゃねえよ」

俺は思わず舌打ちする。

どうもこいつと付き合っていると、胸をざわつかせられる。

なんだってんだ、いったい。

「……ぐすっ……お母さん……ううっ……」

しばらくして、布団の中から再び嗚咽が聞こえ始める。

その布団の端から覗く銀色の頭を撫でてやりたくなったが、しかしそれは俺の役目ではない。

「きゅうん」

布団の中からマルスの甘い鳴き声が響く。

今日は、いや今までずっと、彼がこの少女の心を守る騎士を務めてきたのだろう。

俺もベッドそばの椅子に腰かけ直し、読みかけだった本を開く。

しばらくして、ベッドのほうから再び健やかな寝息が漏れ聞こえてくる。

正直、こういう空気も悪くないと思ってる自分がいたのも確かだ。

だがしかし、それはそれ、これはこれである。

パタンと俺は本を閉じ、虚空を見つめてつぶやく。

「すでに母もなくみなしごの半魔族か。どんどん面倒になってくな。さて、どうしたものかね？」

「……ん？」

視線を感じ目蓋を開くと、シャラザードが布団の中から顔を半分だけ出して、じぃっと俺のことを見つめていた。

なんだ？

鱗のある顔がそんなに珍しいのか？　しかし、その視線に嫌悪や忌避といった不快さはない。

やはりこの少女の相手をするのは、いつも調子が狂う。

「おう、おはよう、よく寝れたみたいだな」

内心の戸惑いは表に出さず、俺は低い声で淡々と声をかける。

瞬間、ボッと少女の顔が真っ赤に染まる。

恋に落ちたか、とか勘違いは当然しない。

単に、

「おはようございます、ロスタムさん。その、ここロスタムさんのベッド、ですよね。一晩中占領してしまって……」

と、いうことだ。

まあ、普通の感性の持ち主なら、申し訳なさに羞恥にも染まろうというものだった。

「本当にごめんなさい、今すぐどき……」

まくし立てるように早口で言って、身体を起こして、ベッドから立ち上がろうとしたシャラザードだったが、

「あ……れ……？」

ふたりと身体がよろめき、前にふらっと倒れこんでくる。

「おっと」

俺は咄嗟に受け止める。

本当に小さく華奢な身体だ。

「わわ、すみません」

「昨日も言ったろう。ガキが無理するな。もう少し寝ていろ」

言って、ひょいっと脚をすくって抱き上げる。

「だ、だ、だ、大丈夫ですよ！　こ、こここ、これぐらい!?」

なぜかシャラザードが妙に慌わてふためく。

まあ、そんなことはどうでもいい。俺は彼女を優しくベッドへと戻し、その額に手を当てる。

「いいから寝ていろ。ほら、まだ熱がある」

「す、すみません……でも、そ、それではロスタムさんの寝る場所が……」

「その辺の床で寝るさ」

「いや、そんなそれこそあたしが……」

ぴしっ。

「あいたっ!?」

俺のデコピンがシャラザードの額を打つ。

もちろん、本気でやると、デコピンと言えど俺は大の男を昏倒させられるのだが、そこはもちろん、手加減しまくりの一撃である。

「ガキがナマ言ってんじゃねえよ。ダンジョン探索なんかじゃ、もっと劣悪な環境で寝てる」

「そ、そう言われましても、この家の主はロスタムさ……」

ぐ～～～っ！　なお抗弁しようとしたシャラザードであったが、自らの腹の虫がその言葉を遮る。

再び、彼女の顔が羞恥で真っ赤に染まる。

「そうだな。まずは食事にしよう」

「えっ!?　いえ、これ以上何かしてもらうのは心苦し……」

ぐ～～～っ！　また彼女の心に反して、お腹の音が鳴り響いた。

いやだいやだといっても身体は正直なものだった。

もはやリンゴのように顔を真っ赤にするシャラザード。少しかわいそうになったので、

「すでにもう作ってしまっていてな。一人じゃとても食べきれん。無駄にするのももったいない。食べてくれないか？」

俺はフッと肩をすくめて、彼女がこちらの申し出を受け止めやすいよう言葉をやわらげてやる。

その気遣いが伝わったらしい。

シャラザードはくすっと小さく吹き出し、ついではにかむような笑みを浮かべる。

「ありがとうございます、ロスタムさん」

＊　＊　＊

カブール――

アフサーナ王国の西部一帯の軍事経済の要衝とされる都市の一つであり――

「チッ、のこのことまた戻ってきやがったのか、あの鱗野郎」

「堕ちた勇者様のご帰還、か。今さらどの面下げて……」

「あー、やだやだ。縁起悪い。今日は店じまいかね」

――俺が生まれ育ち、『拠点《ホーム》』とした街だった。

視線や陰口が、胸にちくちくと刺さり、じわじわと痛みを広げていく。

人の街に足を踏み入れるのはいつも気分が憂鬱になるものだが、この街の居心地の悪さはやはり格別である。

「俺だってこんな胸糞悪い街、ごめんだっての」

俺は吐き捨てるようにつぶやく。

この嫌な空気に耐えきれず、俺はこの街を出て、あの森の隠れ家に隠遁したのだ。

シャラザードのことがなければ、二度と戻ってくる気もなかった。

「チッ、まったくコウラインがこの街の特産でさえなければ、な」

忌々しげに俺は舌打つ。

コウラインとは、この街の限定地区にのみ栽培されている薬草である。

滋養強壮効果が極めて高く、『万病の薬』『長生きの薬』などと呼ばれ非常に珍重されている。

先程、食事をしながら事情を聞き出したのだが、シャラザードがたどたどしく語ったところによれば、母親が倒れたあたりから、稼ぎ手がなくなり一気に生活苦となったらしい。

半魔族の身では働きに出ることも難しく、ここ一週間は蓄えも完全に尽き、ほとんどろくに食べていなかったそうだ。

そこで耐えきれず、ついに外に出たところを街の人間に捕まってしまったのだという。

「まったく。なんで俺はこんなことを……」

わざわざ俺があれこれしてやる義理は一つもない。

そう、ないはずなのだが。

心とは裏腹に、身体が突き動かされ俺はこんなところにいる。

「あのままじゃやっぱやばいし、なぁ」

ぼりぼりと頭を掻きつつ、俺はやれやれと溜息をこぼす。

リンチの怪我こそ俺のギガ・ヒールで癒したのだが、栄養失調で身体も弱っていたせいだろう、今現在、シャラザードはかなりひどい風邪を引いている。

このままでは肺炎を発症しかねない。そうなっては半魔族の彼女は医者にかかることもできないわけで、ほぼ間違いなく死が待ち受けている。

「そうなっては寝覚めが悪ぃ。そう、単にそれだけ、だ」

言い聞かせるようにつぶやいて、俺は薬屋のドアを開く。

中からツンと刺激臭が鼻腔をくすぐってきて、俺はわずかに顔をしかめる。

「げっ、ロスタム!?　戻ってきてたのか!?」

カウンターにいた中年店主が、驚きとそして怯えをあらわにして身体をのけ反らせる。

一応、昔数えきれないほど利用した馴染みのはずなのだが、これである。

「な、な、何の用だ!?　もうここにはこないでくれと言っただろう!?」

「欲しい薬を手に入れたらすぐに立ち去るさ」

俺の口に、思わず仄暗く苦い笑みが浮かぶ。

昔、この店主と冒険譚などを楽しく語り合っていたことを思い出したのだ。

それが今やこんな状態である。自嘲するしかなかった。

「薬ぃ？　勘弁してくれよ。お前が馴染みにしていたってだけで、うちはしばらく商売上がったりだったんだ」

店主が心底嫌そうに、顔をしかめる。

俺が馴染みにしていたことで、この店を尋ねると俺とはち会うかもしれない、と客足が遠のいたのだそうだ。

遠回しにもうこないでくれ、と言った店主の気持ちはわかったし、汲みもしてここ一〇年近づかないようにしていた。

が、一方で、裏切られたという想いを少なからず覚えたのも事実だった。

「だから譲ってくれればすぐに出ていくさ。少々急ぎでね。あんたしか当てがなかった」

コウラインは、前述のように超稀少な人気商品だ。

市場ではほぼ常に品切れ状態で、なかなか手に入れるのは骨だ。シャラザードの体調的に一刻を争うこの状況下では、ここぐらいしか頼れる伝手《つて》がなかったのである。

「あんたならいくつか手元にあるだろ？　譲ってくれ」

「はぁ？　確かにあるにはあるが、全部、もう予約済みだ。融通できるものはない」

「そこをなんとか頼めないか？」

「無理だ」

けんもほろろに取りつく島もない店主。

さて、どうしたものかと俺が思案しかけたところで、

「ス、ス、ス、スタンピードだぁっ!!」

「うわあああっ!?」

「魔、魔鳥軍だ！　魔鳥軍がきやがった!!」

店の外の往来がにわかにどよめき始める。

スタンピード。

魔物が突如大量に発生し、街などに押し寄せることである。

原因は一切謎なのだが、大陸全土で年に一〜二回、発生するのが常となっており、これにより壊滅した街も少なくない。

俺も襲撃された街に救援に訪れたことは何度かあったが、レアな出来事なため、実際に襲撃される側として遭遇したのは、これが初めてである。

そう、断じて初めてなのだが、

「また俺のせいにされるんだろうな」

ククッと自嘲気味に、俺は笑みをこぼす。

それがこの「竜鱗の呪い」なのだから。

「まあ、そんなことよりコウラインだ。金なら相場の五倍出す。それで譲ってくれないか？」

我関せずといった体で、俺は懐から革袋を取り出し、ドカッとカウンターに置く。

中は金貨でパンパンである。

人間は欲望に忠実だ。実際に目の前に大金を積まれれば、心変わりもするかもしれない。

そんな一縷の望みをかけてのことだったが、

「ちょっ、そんなこと言ってる場合じゃねえだろ!?　スタンピードだって聞こえたろ？」

「ああ。それがどうした？」

カブールは、この辺り一帯の中心となる大都市だ。

守備兵も多く、腕利きの冒険者も集まっている。

それなりの被害は出るだろうが、まあ、なんとか守り切れるだろうさ。

わざわざ俺が出張る必要性はない。

「……ロスタム、変わったな、お前」

「変えたのはお前たちだろう？」

悲しげに表情を曇らせる店主に、俺はフッと嘲笑とともに返す。

そう、昔は確かにお前たちを守るために身体を張ることに疑問はなかった。

だが今は、その理由がない。

「う、うわあっ！　に、逃げろ逃げろ逃げろーっ！」

「なんだよあれ!?　西の空が埋め尽くされてるぞ……」

「ありえねえだろあの数！」

途方にくれたような人々の声が響いてくる。

どうやら、聞く限り、かなり大型のスタンピードらしい。

さすがのカブールも、少々やばいかもしれない。だが、それがどうした？

「この街がどうなろうと、俺の知ったことではない」

「……そうか」

なんとも苦々しげにつぶやき、店主は肩を落とす。

断られても仕方ないと、理解している顔だった。

どうやら多少は俺に対して罪悪感を抱いていたらしい。

だからといって、今さら何も心は動かないが。

むしろ自業自得、いい気味だというのが、俺の率直な心情だった。

「邪魔した。まあ、せいぜい達者でな。被害がないことを祈っててやるよ」

心にもないことを言って、俺は外套を翻して店主に背を向け、出口へと歩き出す。

やはりあまり、似合わないことはするものじゃないな。

無駄足な上、不快な想いをしただけだった。

「っ⁉」

そう思っていたはずなのに、いざ扉の取っ手を掴んだ瞬間、それ以上、手が凍り付いたように動かせなくなる。

『ありがとうございます、ロスタムさん』

そういってはにかんだシャラザードの笑顔が、脳裏に浮かぶ。

同時に、熱にうなされ荒い息を吐いていた彼女の姿も、心に棘のようになって抜けてくれない。

ちょっと手を引けば扉は開く。

なのにどうしても、それができない。

まったくどうしてこう、俺は甘さを捨てられない⁉

「……あーっ！　くそっ！」

俺は盛大に頭を掻きむしるや、もう一度踵を返し、カウンターへと駆け戻る。

驚きに目を見開く店主に詰め寄り、俺は言う。

「おい、スタンピートはどうにかしてやる。代わりにコウラインを融通しろ！」

「なっ⁉　し、しかしそれは……むぅぅぅぅぅぅ、わ、わかった」

眉間にしわを寄せ、店主は大いに悩むも、すぐに背に腹は代えられぬと悟ったように頭を垂れた。

「交渉成立、だな」


「おーおー、ざっと一〇〇〇匹はいそうだなー」

眉の上で手を暈《かさ》にして、俺は西の空を覆い尽くす異形の怪物たちを見上げる。

どれも翼を持ってこそいるが、鳥というにはあまりにいびつで、凶悪すぎる。

魔鳥軍――

翼を持つ怪物ばかりで構成された、世界に七つある魔王軍の中の一角である。

「さすがに早いな」

七大魔王軍の中でも、機動力は随一とされる魔鳥軍である。

瞬く間にこちらへと飛来し、街の上空を一面埋め尽くしていく。

「ほう、なかなかに壮観な光景だな」

俺は思わず感嘆の声を上げる。

これは一般人には、なかなかに絶望的な迫力がありそうだ。

このまま街を散々に食い荒らされるのを高みの見物するのも、それはそれでオツなものがありそうだが、そういうわけにもいかない。

「とっとと片づけるか」

俺はすっと右手を天に掲げ、大気中の魔力を凝縮させていく。

それに自らの魔力を混ぜ込みコントロール、螺旋回転させる。

やがて、俺の手のひらの上から、天へと突き立つ竜巻が立ち上っていた。

渦は逆ピラミッド上に、天に近づくほどその面積を広げ、

「ぎゃぴっ！」

「ぎゅぷっ！」

「げぴゃっ！」

空を飛ぶ魔鳥たちを次々と巻き込み、風圧で捻じ切っていく。

ミキサー・ハリケーン。風の魔法の奥義の一つである。

ただあまりに攻撃が広範囲に及ぶため、なかなかに使いどころが難しいのだが、今回は全て敵は空の上である。

今ならぶっ放してもなんら問題はない。

ごおおおおおおおおっ！

ぶちぶちぶちっ！　ぎゅるぎゅるぎゅる！

風の荒れ狂う音に、なかなかえぐい音も混じってくる。

わずか数十秒ほどで、一〇〇〇を数えた魔鳥軍は全て肉塊となって街に降り注いだ。

これまた実にすごい地獄絵図だが、まあ、仕方ない。

地上にまで降り立たれると、掃討が一気に面倒になるからな。

そうなれば、けっこうな被害も出るし、その前に殲滅するにはこれしかなかった。

ただそれだけで、別に悪意があってやったわけではなかったのだが、

「た、たすかった。で、でもなんだよこれ⁉」

「うえぇぇ、気持ち悪……」

「こんなにあっさり倒せるんなら、もっとその辺まで気を遣ってほしいわ」

「これ、むしろあたしたちへの嫌がらせじゃないの？」

そんな憎悪の声が、白眼とともに俺の背中に刺さってくる。

はっ、やっぱそんなもんだろうよ。

「そうだよ、だいたい呼び寄せたの、あいつじゃねえのか!?」

「まったく、山の奥にでも籠っていてほしいもんだ」

「掃除するこっちの身にもなれってんだ」

人は、喉元過ぎれば熱さを忘れる生き物だ。

こいつらに何かしたところで、感謝なんてされるわけがない。まあ、もともと、そんなものが欲しくてやったわけでもない。

俺はただ――

「ロスタム、これが約束の品だ」

薬屋の店主が差し出してきたものを、俺は受け取る。

そう、俺はただ、これが欲しくて戦っただけだ。

「すまんな、街の者が」

店主が眉と声をひそめて謝ってくるも、俺は冷めた目を返す。

今さら善人ぶったところで、俺にしてみれば彼もしょせん、同じ穴のむじなでしかない。

目くそ鼻くそを笑う、だった。

「別にいいさ。目当てのものを手に入れられた。それで十分だ」

言い捨て、俺は彼に背を向け早々に転移魔法を口ずさむ。

用事は済んだ。これ以上、この吐き気がするような街に長居する理由は一つもなかった。


「おいしい、です。初めて食べる味。でもなんか身体が温かくなります」

コウライン入りのオートミールを一口食べると、シャラザードが蕩けたようなほわっとした笑顔を見せる。

よほどおいしかったらしい。

……不思議だな。彼女と接していると時々、凍てついた俺の心に、じんわりと温かさがしみ込んでくるような、そんな感覚を覚える自分が、確かにいる。

そんな自分に腹が立つ。

またそんな幻想を期待するのか、と。

何度裏切られれば痛感できるのか、と。

「ロスタムさん？　どうしました？」

「ん？　どうもしないが？」

シャラザードの声に俺は思考の没頭から抜け出る。

見れば、すでに皿は空になっていた。

「ああ、おかわりか？」

「さすがにもうお腹いっぱいです。ただその、さっき少し怖い顔をなされていたので」

「それは元からだ」

くくっと自嘲するように俺は笑みをこぼす。

竜鱗の呪いに冒された俺の身体は、醜く刺々しく、おどろおどろしい。

それはこの半魔族の少女にとってもそうだったらしい。

「いえ、そうではなく！　なんというか、朝はとても優しい目をされておられたのに、今はちょっと険しいというか……」

「ん、そうだったか？」

まったく自覚はなかったが。

ふむ、カブールの街の連中に、多少ムカつき、心が荒んでいたのはあるかもしれない。

「それであたし、何か粗相をしてしまったのかと……」

「いや、そんなことは全然なかったぞ」

俺は語気を強めて否定する。

少なくとも、この少女からは一切、不快な気持ちにさせられたことはなかった。

それは間違いのない事実だった。まあ、戸惑いはかなり覚えているが。

「そんなことより、かなり血色がよくなっているな」

朝見た時より、肌に赤みが差してきている。

やはり食事をしっかりとれたことは、大きかったらしい。

まだまだ元気になったとは言い難いが、体調が上向いたのなら何よりである。

「ロスタムさんのおかげです。貴方が助けてくれなければ、今頃、あたしたちはこの世にいなかったと思います」

「単なる気まぐれだ」

「それでも、本当にありがとうございます」

俺がそっけない声で不愛想に答え顔をそむけたにもかかわらず、シャラザードは深々と頭を下げてくる。

妙なくすぐったさと、ばつの悪さを覚える。

なんだってんだ、いったい？

「ふん、食ったなら、とっとと寝ろ」

ぶっきらぼうに俺は吐き捨てる。

これ以上、妙な感覚に揺さぶられるのは、正直、勘弁してほしかった。

どうせ彼女もまた、やがては俺を怖れ、去っていくというのに。

「あの、ロスタムさん」

「なんだ？」

呼ばれ、俺は仕方なくシャラザードのほうを向く。

彼女の瞳は不安で揺れているのに、一縷の希望にすがるように、俺を見上げてくる。

「その、できれば、その、眠るまで手を、握っていてくれませんか？」

「…………なに？」

シャラザードの言葉は聞き取れたが、意味を理解するのに数瞬を要した。言葉の意味を理解してなお、要求が理解できず、問い返す。

「あ、いえ、いやなら、いいんですけど……そ、そうですよね、ここまで世話になっておきながら、厚かましいですよね」

「嫌というわけではないが……理由が聞きたいな」

シャラザードが何を思ってこんなことを言ってきたのか、皆目見当もつかない。

まだ出会って二日目だ。その間、ほとんど彼女は寝ていたし、さほど話したわけでもない。

そこまで親しい関係では、ないはずだ。

「……えっと……怖いんです。その、ロスタムさんがいない間、いきなりあのドアが開いて誰か入ってきて、あたしを連れ去るんじゃないかって、そんな想像ばかりして……」

思い出したのか、シャラザードの身体がカタカタと小刻みに震え出す。

町の人間たちにあれだけひどいリンチをされた後だ。

俺があの場にいなければ、間違いなく嬲り殺されてもいただろう。トラウマの一つや二つ抱えてしまわないほうが、むしろおかしい。

「だから、その、ロスタムさんに手を握ってもらえれば、安心して眠れそうだなって」

期待のこもった眼差しは、どこか捨てられそうな仔犬をほうふつとさせる。

ほんと厄介なのを拾いこんだものだった。

……そう、本当に厄介だ。

俺はシャラザードの眼前に、バッと自らの手のひらを突きつける。

「これでも、か？」

ニッと俺は、挑発的な笑みを浮かべる。

俺の手は、人の手とはかけ離れている。ほぼすべて鱗に覆われ、その指からは鋭い爪も伸びる。

完全に、魔獣の手だった。

普通の人間なら、思わず顔を引き攣らせるものだが、

「これでも、とは？」

きょとんとした顔で、首をかしげられた。

あー、そういえば、食事渡すときにちらっとは見られていたか。

自らも半魔族ということで、耐性もあるのかもしれない。

「うわぁ、大きいですね」

「っ!?」

シャラザードが、無邪気に俺の手に自らの手を合わせてくる。

むしろ俺のほうがビクッと身体を震わせてしまう。

だが、なぜか引っ込める気にだけはなれない。

「……この手はさっき、魔法を放って魔物一〇〇〇匹をぶち殺した手だ。お前だって、その気になれば五秒でミンチにできるんだぞ!?」

「へえ、さすが魔竜王ザッハークを倒した勇者様ですね」

脅すように俺は言うが、シャラザードはまったく気にした風もない。むしろ感心したように、目を輝かせる。

意味がとにかくわからない。

「……怖く、ないのか？」

「怖い。どうしてです？」

「いやだって。普通とは違うだろう？」

そんな俺の言葉に、シャラザードはうつうき、グッと表情を強張らせる。

そこに浮かんだ表情は、純然たる怒り。

「あたしを殴り叩き引きずり、徹底的に痛めつけてきたのは、その普通の手、です」

そこまで言ってから、シャラザードはもう片方の手も添え、俺の手を両手で包み込む。

そして、先ほどまでの憎悪が嘘のように、暖かな眼差しで俺の顔を見つめ、にっこりと柔らかく微笑みながら言った。

「この手が、この手だけが、あたしを救ってくれました。理不尽な暴力から助け、寝床と食事を与え、看病し、そしてなにより、ぬくもりをくれました」

「…………」

「あたしには、とても安心できる手です」

「ちっ、勝手にしろ」

「はいっ！　勝手にします」

俺は舌打ちし乱暴に吐き捨てたものだが、少女は嬉しそうに、陽だまりのように笑い、コツンとその額を自らの手に当てる。

まるで何かに感謝を捧げるように。

ドクン！

まただ。

また胸の奥がじんわりと温かくなり、『何か』がこみ上げてくる。

それはカブールの連中によって心に刻まれた傷を癒し、そこからにじみ出ていたどろどろさえ洗い流していく。

なんとも得体のしれない感覚に、俺はただただ戸惑いを隠せなかった。

豪勢な食事がテーブルにずらっと並んでいた。

俺の傍らには年のころ三〇ぐらいの男女がいて、柔らかな微笑みで俺を優しく見つめている。

その空間は、とても暖かな空気で満たされていた。

（ああ、くそ、またか！）

だからこそ、俺の心は悲鳴を上げる。

これは夢だ。こう何度も見せられれば、もう出だしで気づくようにもなる。

これは失われた風景だった。

どれだけ願い望もうと、俺がどれだけの力を手に入れようと、二度と手に入れられないものだ。

なぜならもう、俺の両親は、いないのだから。

こんなものを見せられても、寂しさが募るだけである。

そして、夢の結末もすでにわかっていた。

いつもこの夢は、両親が殺されるところで幕を閉じるのだ。

そして、子供の俺には、夢の中でさえそれを防ぐ手段もない。

本当に最低最悪の、クソみたいな悪夢というしかなかった。

どうせまた最後まで視るしかないのだろう、いつものようにそう諦めかけたその時だった。

「ロスタムさん、ロスタムさん」

突如、幼い声が夢の中に割り込んでくる。

こういうことは、初めての経験だった。ついで、ふっと目の前に広がっていた光景が霞のように消え失せ――

目の前には、雪のような、と形容するのがぴったりの白銀の少女が、心配そうに自分の顔を見下ろしていた。

「だ、大丈夫、ですか、ロスタムさん？　なにか、うなされていたようですけど」

「あ、ああ。問題ない。ちょっと嫌な夢を見ていてな。助かった」

少女――シャラザードの言葉に、俺はふ～っと大きく息をつきつつ答える。

助かった、というのは本心からの言葉である。おかげで、あの最悪な光景は見ずに済んだのだ。

それだけで彼女を拾った甲斐があるというものだった。

「ん？　なんだ、この匂いは？」

今さらながらに、パンの焼ける美味しそうな匂いが漂っていることに気づく。

食卓を見れば、パンに目玉焼きにソーセージ、野菜のスープと実にバランスのとれた朝食がずらっと並んでいた。

「か、勝手ながら、ちょ、朝食をご用意させていただきました。いっぱいお世話になったので、せ、せめてものお礼に！　あ、あたしにはこれぐらいしかできないので」

何度かかみながら、たどたどしくシャラザードは言う。

かなり恐縮と緊張をしているようだった。一方で、褒められるのを待っているような、そんなわんこのようにも見えた。

やれやれ、と俺は嘆息し、

「病み上がりに無茶をするな」

「あうっ！」

ぽかっと軽くシャラザードの頭を小突く。

もちろんかなり手加減してのもので、こぶさえできない程度に威力は抑えたが。

「だ、大丈夫ですから。昨日、ロスタムさんが作ってくれたおかゆを食べてから、身体がカーッって熱くなって、今朝にはもうすっかり元気になってました！」

昨日までのつらそうな姿が嘘のように、シャラザードははつらつとした笑顔で言う。

肌の血色もよくつやつやしており、嘘を言っているわけではなさそうだ。

なるほど、さすがは高級万能薬コウラインといったところか。

とりあえず、峠は越えたようで一安心ではあったが、

「風邪は治りかけが肝心だ。多少よくなったからって身体を動かしてたらぶり返すぞ」

俺は注意を忘れない。風邪は甘く見ると、意外と厄介だからな、ほんと。

「あ、あうっ……」

叱られた仔犬のように、シャラザードがシュンとなる。

その横では、彼女をいじめたと勘違いでもしたのか、マルスが俺にう～っと唸り声をあげていた。

本当に、やれやれだ。

「説教は終わりだ。おしまいおしまい。俺はもう忘れた。ほら、飯にするぞ」

ぶっきらぼうにまくし立てて、俺は食卓につこうとする。

「ん？　一人分しかないようだが？」

「え、でも、ここはロスタムさんのお家ですから、あたしまでご相伴に預かるわけには……」

「はぁ……」

もう何度目かになる嘆息をし、俺は立ち上がり、すたすたと歩き出す。

「ロスタムさん!?」

「お前は座ってろ」

振り返るや、ビシッと人差し指を突きつけ強めに命令し、俺は台所へと足を踏み入れる。

む？　確かもうちょっと乱雑で小汚い感じだったはずだが？

どうやらシャラザードのやつが掃除もしていたらしい。

「まったく、ガキのくせに」

吐き捨て、俺は冷却魔法を施したクーラーボックスから牛乳を取り出し、鍋に入れて火にかける。

シャラザードが作った野菜スープの余りが入った鍋にも火をかけつつ、そこにコウラインを煎じた粉末を投入。

二つがあったまったところで皿に盛り、最後に貯蔵庫からパンを取り出し、それら全部をお盆に乗せ俺は食卓へと戻る。

「あっ……」

俺の持っていた食事に、シャラザードは申し訳なさそうに表情を曇らせる。

察するに、恩ばかりが貯まって、申し訳ない気持ちにでもなっているのだろう。

ったく、ガキが妙な気を遣いやがって。

「ほれ、食うぞ」

「えっ、でも……」

「あん？　俺の作った飯が食えねえってのか？」

「い、いただかせていただきますっ！」

わざと不機嫌そうな声を作って言うと、シャラザードは俺からお盆を受け取り、自らの前に置く。

やれやれだ。

こいつは本当に、何度俺に「やれやれ」と思わせれば気が済むんだ。

そう、実に面倒くさいことこの上ない。だが、不思議となぜか悪い気もしない。

まったく本当に、わけがわからない。

「いただきます」

これ以上、益体《やくたい》のないことを考えていても、食事が冷めそうである。

俺も野菜スープにスプーンを突っ込んで、口へと運ぶ。

「おっ、美味い」

予想をはるかに上回るレベルで、シャラザードの作った野菜スープは美味しかった。

じんわりと心に染みる味というか。

「あっ、よかった。お母さんは仕事してたから、家事はもっぱらあたしの仕事で。特に料理はけっこう自信あるんですよ」

得意なものを褒められたからか、シャラザードが嬉しそうに話しかけてくる。

その俺を信じ切った天真爛漫な眼差しと笑顔が、荒み切った俺には少々まぶしい。

「まあ、自慢するだけのことはあるな」

頷き、もう一口する。

確かに本当にうまい。

正直、尋常じゃないレベルだ。

だが、なんだ？

これは、彼女の味付けの妙だけではない気がする。

心が妙に落ち着いていて、それでいて、弾んだ感じがする。

それがどうも、料理の絶妙のスパイスになっているような気がした。

「……あー、思い出した」

そうか、この感覚か。

すっかり忘れていたな。

誰かと一緒に食事をするなんて、実に一〇数年ぶりだったのだ。


「おかげさまで完全回復致しました！」

彼女を拾ってから三日目の朝のこと、シャラザードが食事を終えるなりペコリと頭を下げてきた。

確かに昨日も元気そうだったし、今朝も食欲があるし、もうすっかり治り心配はなさそうだった。

「そうか」

俺もうなずいて、茶をすする。

もっとも元気になったとなれば、もう一つの問題に目を向けねばならなくはあるのだが……

「つきましては、このおうちをお掃除させていただけませんか？　こんなことでは恩返しにもなりませんが、ぜひ！」

「ん？」

言われて、俺は部屋を見回す。

まあ、うん、男やもめの生活である。一応、生ごみだけは腐ると面倒なので処理するようにしているが、綺麗に片付いているとはお世辞にも言えなかった。

ありていに言えば、少々、埃っぽい。

「これでも家事全般は得意なのです！」

シャラザードが両拳を自らの胸元でむんっと握り締める。

俺の為に何かしたいという気持ちが、ひしひしと伝わってくる。

少々、戸惑いを覚えはしたが、一方で、選択を先送りする口実にもなるとも思った。

「あー、それじゃあ頼むか」

「はい、お任せください！」

瞬間、ぱぁぁぁぁっと笑顔になって、シャラザードはいてもたってもいられない様子で席から立ち上がる。

よほど俺の為に何かしたかったらしい。

まあ、もらいっぱなしってのは、落ち着かないもんか。

「で、俺は何をしたらいい？」

俺も立ち上がり腕まくりしつつ、パタパタと台所へ向かおうとするシャラザードの背中に俺は問いかける。

この家を築いてもう一〇年強、大掃除なんてものはしていない。

ちょうどいい機会だろう。

「ロスタムさんは寝室で休んでいてください」

「ん？　いや、そういうわけにもいかんだろう？　ここは俺の家だし」

「それじゃあ恩返しになりません。ロスタムさんは寝ててください」

言うや、シャラザードは俺の背中を押し始める。

どうやら、寝室へと向かわせたいらしい。まあ、彼女程度の力に押されたところで何するものでもないのだが、黙って従う。

「よーし、やるぞー！」

自らに気合を入れるように叫んで、シャラザードが掃除を開始する。

出会った時の印象でなんとなく弱弱しいイメージがあったのだが、わりと活動的なところもあるらしい。

そんな彼女を、俺はベッドで横になりながらなんとはなしに眺める。

うん、家事が得意というのは、まんざら嘘ではなさそうだ。かなり乱雑だった部屋が、瞬く間に片付いていき、家具や壁などもくすみがとれ明るくなっていく。

「まだガキなのに大したもんだ。まあ、いつまでも見ていても仕方ない。本でも読むか」

俺は最近お気に入りの、読みかけの本を開く。

読書はいい。読んでいる間は、現実のいろいろを忘れることができる。

「♪～～」

いつしか煩雑な音の中に、シャラザードの鼻歌が響いていた。

随分と楽しそうである。俺にとっては七面倒くさいことでしかないが、彼女にとってはえらく楽しいことらしい。世の中には妙な人種もいるものだった。

ちなみに、今日のシャラの格好は、俺の古着である。

まあ、さすがに何日も同じ服というわけにはいかないし、貸してやったのである。サイズが合わず袖と裾をまくりまくり、なんともダボダボな感じで、ちょっと面白い。

「……しかし、なんなんだろうな、いったい」

俺は、独りの静かな空間が好きだったはずだ。

だからずっと、独りだった。

他の連中なんて邪魔なだけで、うるさいだけで、気分を害されるだけで、はた迷惑なだけだった。

「まったく不可思議な娘だ」

今、掃除中のこの家は、お世辞にも静かとは言えない。

むしろ騒がしい。なのに、なぜか妙に心が落ち着きリラックスできていることに気づく。

……。

…………。

「……ん？」

ふっと目蓋を開くと、シャラザードが俺の顔をじっと覗き込んでいた。

どうやら、俺は眠っていたらしい。

「あっ、お目覚めになられましたか？　お昼ご飯できてますよ。一緒に食べましょう」

シャラザードがにこっと微笑えむ。

その言葉に、俺は食卓へと目を向ける。

確かに、ずらっと食事が並んでいた。しかし、湯気が立っていない。けっこう作ってから時間が経っているようだった。

「起こしてくれてよかったんだが」

「とんでもありません！」

ありえないとばかりに、シャラザードはぶんぶんっと首を左右に振る。

「あたしがベッド占領してしまって寝不足だったのでしょう？」

「いや、そういうわけでもないんだが」

「あっ、スープを温めてきますね」

パタパタとスリッパを鳴らして、シャラザードは台所へと消えていく。

ポリポリと頭を掻き、俺は立ち上がる。

割合、俺はどこでも寝れるたちである。

寝不足だったわけでもない。

ただ妙になんだか、ウトウトしてしまったのだ。

「お待たせしました！　では一緒に食べましょう」

「ああ」

戻ってきたシャラザードと一緒に、昼食をとる。

昨日の朝食より断然凝ったものになっている。しかも、美味い。

俺もまあ、料理ができないわけではないが、なんというかいろいろと雑なのだ。具材の切り方にしろ、味付けにしろ。

シャラザードの作るものは、おいしくなるよう繊細に手間がかかっていて、味付けは隠し味が入っているのだろう、複雑で重層的だ。

メニューにしても、肉をメインにしつつも野菜もバランスよくとれるようにしっかり配慮されている。

　この年でよく、と思う。働いている母親のため、いろいろ自分なりに必死で研究をしたのだろう。

「ご馳走様。うまかったよ」

「よかったぁ」

瞬く間にペロリと平らげ、俺は腹をぽんぽん叩きつつ礼を言う。

シャラザードも心底ほっとしたように、嬉しそうにはにかむ。

ただただ、満足だった。美味いだけのものなら、レストランでそれなりに食べてはいるのだ。

ただ、なんというか、シャラザードの作るものは違うのだ。

家庭料理ならではの、妙なやさしさがある。

俺が知らない味だ。それが妙に、胸に染みた。

「あ、あの、それでロスタムさん」

「ん？」

不意にそれまでの笑顔を消し、表情を緊張に強張らせて俺の名を呼んでくる。

その瞳はえらく真剣で、悲壮感さえ感じられた。

「その、あ、あたし、この通り、家事ならだいたいできます。できないこともできるようにします。なんでもします！　だ、だから……」

そこでシャラザードはごくっと俺のほうまで聞こえそうなほどに大きく唾を飲み込んで、改めて口を開く。

「あ、あたしをしばらくここに置いていただけませんか？　ここぐらいしか、あたし……」

それ以上は言葉にならず、シャラザードが不安と期待の入り混じった瞳で俺を見つめてくる。

なるほど。今日の一連の行動は、もちろん恩返しもあったのだろうが売り込みでもあったわけだ。

もちろん、それが悪いというわけではない。むしろ好意すら覚えている。

俺が知る他人はみんな、俺からもらうだけもらって返しもしない連中だった。

ちゃんと恩を返そうというだけ、何かをして置いてもらおうとしているだけ、彼女はとても誠実であった。

さらに言えば、彼女にとってはこれは死活問題である。

半魔族の彼女は、人の街では暮らせない。かといって、魔物の世界も難しいだろう。

そのつらさが、俺には痛いほどわかった。

俺も、そうだったから。

俺も、人の世界から弾かれ、魔物の世界にも入れない半端者だったから。

それでも、俺には自らの身ぐらい守れる力があったが、彼女にはそれすらない。不安で不安で仕方ないに違いない。

自分一人ではどうすることもできない無能感にも、打ちのめされてもいるのだろう。

頼れる人のいない孤独感、寂しさに震えているようにも見えた。

「やれやれだ」

ぼりぼりと俺は頭を掻きむしる。

俺が拒否すれば、それこそ野たれ死ぬか、人に捕まって処刑されるか、そのどちらかだろう。

こんなん見捨てられるわけないじゃないか。後味が悪すぎる。仕方ねえ、よな。

「まあ、面倒ではあるが、別に……んっ⁉」

外に人の気配を感じ、俺は出入り口のほうにバッと勢いよく振り向く。

五……一〇……一五……二〇……まだいるか、多いな。

明らかにただ事ではない。

しかも一直線にこちらへと向かっている。

「続きはまた後で話そう」

スッと俺はシャラザードを手で制し、立ち上がるや玄関に向かい、扉を開ける。

そこにいたのは、鎧や剣で武装した物々しい兵士たちである。

胸の紋章は、アフサーナ王国の印か？

その中から隊長と思しき中年の男が進み出てきて、俺を見据えて言う。

「勇者ロスタム殿、貴方が半魔族をかくまっていると通報があった。つきましては、家の中を改めさせて頂きたい」

兵士たちの隊長が、俺を睨み据えてきっぱりと言い切る。

魔王殺しの呪われた英雄に対して大した胆力だと、皮肉交じりに思う。

まだ三〇前後だとは思うが、その年で数十人からの人間を任されるだけのことはあるのだろう。

「プライベート空間を人に荒らされるのは好きじゃない。断る、と言ったら？」

試しがてら、俺は挑発的に言葉を返す。

しかし、なかなか面倒なことになったと、俺は内心で舌打ちする。

家の中にはシャラザードがいるのだ。絶対に入れるわけにはいかない。

知らぬ存ぜぬの一点張りで突っぱねたいところではあるが、とは言え、それは難しいだろう。

なぜなら――

「我々はアフサーナ王国の命を受けて来ております。断るという事はすなわち、国に逆らうものと思っていただきたい」

隊長が高圧的にごり押してくる。

まあ、そういうことだろうと思った。

これだけの人数をこんな辺鄙な場所にまで連れてきたということは、あちらにも相応の確信があるということだ。

シャラザードを拾ったところは、それなりの人に目撃されている。おそらくは、そのあたりか。

「別に好んで国に逆らうつもりはねえが、むしろそれなりに国のために貢献してきたと自負している。この扱いは不快極まりないな」

つまらなさげに鼻を鳴らして、俺は隊長を見下ろす。

そう、俺は魔竜王ザッハークをはじめ、これまで王国内にはびこる多くの魔物を屠《ほふ》ってきた。

先のカブールをはじめ、魔物のスタンピードも幾度となく撃退し、街を救ってきた。

自分で言うのもなんだが、俺ほど国の為に尽くした奴もそうそういないんじゃないだろうかってぐらいである。

「ロスタム殿が魔王ザッハークを倒した功績により、我が国で聖騎士の称号を叙勲されていることは承知しております。が、法は法にございます。救国の英雄であろうと、例外とするわけにはまいりません」

「はっ……あっそ」

しらけた顔で、俺は肩をすくめて見せる。

正論と言えば正論ではある。

もっとも、王国の高官たちに適用されていない裏側の現実も、俺は知っているが。

「というわけで、そこをどいてください。後ろめたいところがなければ問題ないでしょう？」

「後ろめたくはなくとも、赤の他人にずかずか我が家を踏み荒らされるのは御免こうむりたいね」

「押し問答ですね。これ以上、抵抗するようなら、本当に国家に反逆の意志ありとみなしますよ？」

「ほう、おもしれえな」

俺は口の端を吊り上げ、獰猛な笑みを浮かべる。

国をバックにつけて気が大きくなってるのだろうが、そんなものに屈服する俺だとでも思ったか。

とにかくイライラする。

こいつら全員ぶちのめして、恐怖で顔をゆがめさせてやりたくなる。

俺が、そしてシャラザードが、具体的にいったいどんな罪を犯したというのだ。

俺は魔王を倒した代償に呪いを受けた。

シャラザードは半魔族として生まれ落ちた。

ただそれだけじゃないか。ただそれだけのことが、どうして罪だというのだ。

「ロスタムさん、もういい、です」

「なっ⁉」

背後からした幼い声に、俺はぎょっと振り返る。

正直、幻聴であってほしかった。

空気を読んで、家のどっかに、それこそ野菜の貯蔵庫あたりにでも身を潜めていてほしかった。

「その角！　やはりかくまっていたか！　これは弁明できませんぞ、ロスタム殿！」

勝ち誇ったように、隊長がシャラザードに指を突きつけ叫ぶ。

だが、そんなことは今の俺にはどうでもよかった。

「どうして出てきた⁉」

俺は強い口調でシャラザードに詰問する。

捕まえてくれと言っているようなものじゃないか。

わかっているのか⁉　この国では、半魔族というだけで死刑なんだぞ⁉

「だってこれ以上、大恩人のロスタムさんに、迷惑はかけられないから」

はかなげに微笑んでシャラザードが言い、ついで、キッと隊長のほうを厳しい顔で睨みつける。

「この人は、あたしを哀れに思い、その優しさから助けてくれただけです。もう逃げも抵抗はしません。だから、ロスタムさんは罪に問わないでください」

「はぁっ⁉　お前なんぞに助けてもらうほど俺は落ちぶれてねえ！」

「でも、ロスタムさんはこの国の英雄です。あたしなんかのために犯罪者になんて落とさせませんよ」

「そんなん気にしなくていい！」

「気にしますよぉ。あー、でももう遅いのかな？　あたしをかくまった罪、問われちゃうのかな？」

チラリとシャラザードは隊長のほうに視線を向ける。

彼は少し考える素振りをした後、

「俺が受けた命令は、ロスタム殿がかくまっているとされる半魔族の少女を探すこと。そして、見つけ次第、捕縛し連れ帰ることだ。お前が素直に縛につくというのなら、ロスタム殿の罪は問わん」

ふんっと鼻を鳴らして、隊長は憮然と答える。

まあ、俺の戦闘能力ぐらいは伝え聞いているはずだからな。俺と真正面からやりあうのは得策ではないとでも思ったのだろう。

まあ、妥当な判断ではある。が、気に食わねえ！

「そうですか、よかった」

心底安堵したようにほっと息を吐いて、シャラザードはすっと俺の傍らを抜け隊長のほうへと歩き出す。

「お、おい⁉」

慌てる俺に、シャラザードはそっと振り返り、

「ありがとう。ロスタムさん。ずっと人に怯え、人から隠れて生きてきたけれど、最後に貴方のような優しい人に出逢えて、本当によかった。最後までご面倒おかけしますが、マルスのこと、できたらお願いしますね」

「っ!?」

にっこりと、それでいて少し寂しそうに微笑んで見せる。

その笑みはとてもはかなげで、子供だとわかっているのに、その美しさに圧倒される。

「さようなら……」

その言葉とともに、シャラザードの瞳から一粒の涙の珠が零《こぼ》れ落ちて、頬を滑り落ちていく。

見ればその諦観に染まった瞳の奥で、悲しみと不安が揺れていた。

涙の珠が地面ではじけると同時に、俺の中の何かもはじけた。

俺は、いったい何をしている？　何を迷うことがある？

俺の呪いを怖れ蔑み受け入れず、罵倒さえ浴びせて俺を弾いてきた連中と。

俺の呪いになんら怯えることなく、素直に俺を慕って優しいと言ってくれ、今、勇気を振り絞って健気に俺を守ろうとしてくれてる子と。

どっちを選ぶべきかなんて、考えるまでもないじゃないか。

「一人で勝手に決めてんじゃねえよ！」

吐き捨てるように言って、俺はシャラザードの腕を掴み、自分の方へと引き寄せる。

「え？　え？　えっ⁉」

シャラザードが俺の胸の中で目を白黒させている。

この事態を、まるで想定していなかったらしい。まあ、会って数日の自分の為に、国に逆らおうなんて奴がいるとか、普通は信じられねえよなぁ。

俺だって、彼女の立場だったらそう思うだろう。だからってこんな小さな身体で無茶しやがって。

顔からは血の気が引いてるし、身体だってぶるぶる震えてるじゃねえか。

やはり、怖かったんじゃねえか。

「ガキがナマ言ってんじゃねえよ。強がってないで、本音を言え、本音を」

「で、でも、それじゃあ、ロスタムさんに御迷惑を……」

「さっきも言ったが、お前に心配されるほど俺は落ちぶれてねえ。ガキは余計なこと考えずに、素直に大人を頼ってりゃいいんだよ！」

俺は怒鳴るように言う。

ああ、くそ、つい感情的になってしまった。ぽかんとした顔で、シャラザードが俺の顔を見つめている。

ああ、こっちの勢いに引かれてしまったか？　だが、そう思ったのも一瞬だった。

その瞳が涙で潤み、くしゃっと顔もゆがんでいく。

「……本当に、頼って、いいんですか？」

「そう言っている」

「……し、死にたく、ないです。もっと、生きていたい、です。ずっと家の中にいたから、マルスと外を駆けまわってみたい、です。ロスタムさんとも、もっと話したい、です。一緒にいたいです」

しゃべっているうちに、ぽろぽろぽろぽろぽろと、涙が零れ、俺の胸を濡らしていく。

その熱が、俺の心に広がっていく。

ったく、こんな風に泣いている女の子を、見捨てられるわけねえじゃねえか。

俺ぐらいしか受け入れられる奴なんていないだろうし、よ。

……いや、そろそろこういう言い方はやめよう。このどこか俺と同じ境遇の彼女を、俺は見捨てたくないんだ。

不幸な目に遭ってほしくないのだ。

笑っていてほしいのだ。

なにより、一緒にいたいのだ。

「任せろ」

短くしかしはっきりと言い切って、俺は彼女の背中に回した手にそっと力を込め、より俺の近くへと抱き寄せる。

シャラザードもまた、なんら抵抗することなく、キュッと俺の服を握り締める。

それがとても、いじらしく、いとおしいと思う。

ずっとずっと長い間、俺の心にはぽっかり穴が開いていた。

そこに凍てつくような寒風が吹きこみ続けていた。

だが今、何か温かいものが注がれ満ちていくのをはっきりと感じた。

「ロスタム殿、どういうことですかな？　その娘を引き渡さないというのなら、貴方は我が国に敵対の意志あり、と判断せざるをえない」

隊長が渋面な顔で詰問してくる。

まったく無粋なやつだ。

今はこの胸を包む暖かさに浸っていたかったというのに。

仕返しとばかりに、俺はびしっと中指をおったてる。

「くそくらえだな」

この日、この瞬間から、俺——魔竜王ザッハークを倒した勇者ロスタムは、人類の仇敵となった。

「ふん、ついに本性を出したな、ロスタム！」

隊長が侮蔑に満ちた目で俺を睨み、吐き捨てる。

彼の後ろに控える兵士たちも皆、同じように怒りや嫌悪などマイナスな表情を俺に向けている。

「もう申し開きできんぞ！　俺はずっと怪しいと思っていたんだ。お前のスタンピード遭遇率は異常だ。大方、マッチポンプで自分を勇者と祭り上げていたんだろう」

ビシッと指を突きつけてくる隊長に、前後が逆だろうと思ったが、面倒なので俺は突っ込まない。

単に俺がこの世界で唯一テレポートが使えるため、どこにいようと応援に駆け付けることができた。ただそれだけのことなのだが、まあ、この状態では話は通じまい。

「これでお前はおしまいだ、ロスタム！　もはやこの王国のどこにも居場所はない！」

「ふん、もともとなかったさ」

俺は自嘲気味に鼻を鳴らす。

そう、そんなものは、この一〇年間存在しなかった。

だから俺はカブールを出て、こんな森の奥深くに小屋なんて構えて生きている。

「それで、どうする？　俺も捕まえるかぃ？」

俺はにぃいっと悪どく口の端を吊り上げて問いかける。

「ぐっ！」

隊長は悔しそうに歯噛みする。彼の後ろに控える兵士たちも、俺に気圧されたように息を呑み後ずさる。

皆、わかっているのだ。どうも先程までは国家というものを後ろ盾にして、強気になっていたようだが、俺にはその錦の御旗は通じないのだ、ということを。

そして、たかだか数十人程度の兵で、千単位のモンスターの群れすらあっさり殲滅する俺をどうこうできるわけがないことを。

「命が惜しいなら、とっとと立ち去りな。今なら見逃してやるぜ？」

鼻を鳴らし、ことさら挑発するように言い、威圧するように殺気を兵士たちに浴びせかかる。

「ぐっ！」

「ぬっ！」

「くぅっ！」

さすがに以前の街のゴロツキどもとは違うようで、腰が抜けることはなんとか回避したようだが、兵士たちの顔に戦慄が疾る。

改めて、死を意識したのだろう、兵士たちの顔が敵意から恐怖へと変わる。

「……わかった。今日のところは立ち去ろう」

苦渋の決断とでもいうふうに心底悔しそうに顔をゆがめながら、隊長は声を絞り出す。

「隊長⁉　しかし……」

「仕方なかろう。俺はあの化け物の戦いぶりを見たことがある。このまま戦っても、我々の全滅は目に見えている」

「む、むぅぅぅっ！」

「だが、ロスタム！　いかな貴様とて、国家に逆らってどうにかなると思うなよ⁉　このままでは絶対に済まさぬ！」

「はいはい、まあ、せいぜい頑張りな」

「～～っ！」

もはや隊長のほうを見すらせずに、俺があさっての方向に目を向けてさも関心なさげに手を振ると、視界の端で隊長の顔が怒りで真っ赤に染まるのが見える。

「ちっ！」

地面を八つ当たりするように蹴りつけてから、彼は身体を反転させ俺たちに背を向け歩き出す。

兵士たちもそれに続き、辺りはまた無人の静かな落ち着いた空気を取り戻す。

やれやれ、やっと帰ったか。

「んー！　さて、俺たちも家の中に戻るぞ」

面倒事が片付いたと、俺も身体を一伸びさせてから、踵を返す。

あー、なんか疲れた。ひとつ風呂でも浴びたい気分だな。

「ロ、ロスタムさん、本当に、良かったんですか？」

シャラザードが不安そうに、申し訳なさそうに、瞳を揺らして俺を見上げてくる。

まだ会って数日だが、わかる。なんだかんだ気ぃ遣いしぃなこいつのことだ。自分のせいで迷惑をかけてしまった、と自責の念に駆られているのだろう。

「いいに決まってるだろ」

俺はシャラザードの頭にぽんっと優しく手を乗せて、俺は笑みを浮かべる。

浮かべてから、ふと愕然とする事実に気づく。こんな風に優しい気持ちで笑えたのは、いつ以来だろうか、と。

もう一〇年以上、ない気がした。

いつも皮肉や嘲笑、見下し、そういう悪意を込めて笑っていたような気がする。

「で、でも、ロスタムさんは魔王殺しの英雄で、アフサーナ王国の聖騎士でもあったんでしょ？あたしが今までのロスタムさんの苦労も功績も台無しに……」

責任の重さを感じてしまったらしい、シャラザードはカタカタと恐怖で身体を震わせる。

まあ、確かに、そうだな。ここまで人に尽くしたにもかかわらず、たった一度の事で人の信用を失い終わった。

俺がこれまで艱難辛苦《かんなんしんく》の中、積み上げてきたものはなんだったのか、と。

俺の人生とはいったいなんだったんだ、と。

正直、果てしない虚しさと徒労感が襲ってきてはいる。

だが不思議と、一かけらの後悔さえ、浮かんでこない。

「気にすんな。そんなもんは、俺にとってはガラクタほどの価値もない」

そう、これが俺の素直な心境だ。捨てたことに、なんの未練もない。

虚しさはあくまで、こんなもののためにずっと頑張ってきたこれまでの俺の人生に、だ。

「気にするなってほうが無理ですよぉ。そ、それに、昼食の後、あたしが置いてくださいって言った時、『やれやれ』とか『面倒ではあるが』とか……」

「へっ？　そんなこと言ったっけ？」

「言いました！」

強い口調で、言いきられる。

そういえば、そんなことを言ったような……。

「本当にごめんなさい！　謝っても許してもらえることじゃありませんが、このご恩は一生をかけてお返し致します！　あたし、なんでもしますから、どんなことでも申し付けてくださいね！」

「あ、ああ」

少女の勢いに、思わず圧倒される。ちょっと気負いすぎじゃないか？

だが一方で、口が自然と笑みを作っていくのが自分でもわかる。

あの隊長は俺に「この王国のどこにも居場所がない」と言ったが、明らかに二つ間違っている。

前述のように、元からなかったのが一つ。

もう一つは――

「うん、これからよろしくな、シャラザード。あ〜、これから一緒に暮らすんだ。シャラ、と呼んでいいか？」

「……はいっ！」

シャラは少し驚いたように目を見開いた後、花が咲いたように嬉しそうに微笑む。

そこには本当に一切の怯えがなく、あるのはただ無垢なる親愛と敬意。

こんな呪われた俺を、受け入れてくれている。

その笑顔があまりにまぶしくて、俺は思わず目蓋を押さえる。

今なら、はっきりとわかる。

この笑顔こそ、俺が十余年求めてきて、得られなかったものだった。

カラカラに乾いた砂漠の中をさまよい歩いてきた果てに、本当に長い長い放浪の果てに、ようやくオアシスを見つけたかのような、そんな感覚。

いつしか俺の手は、熱い何かでじんわりと濡れていた。

俺は今、ようやく居場所を手に入れたのだ。


「あー、疲れた疲れた。とりあえず温泉にでもつかってくるかな」

俺は肩をコキコキと鳴らしながら、なんとはなしにつぶやいた。

騒動が一段落したころにはすっかり陽も暮れかけていた。いろいろ考えねばならないことは山積みだが、それでも今日ぐらいはゆっくりしてもいいだろう。

秋も深まりかけたこの時期、なかなか肌寒いが、だからこそ温泉の気持ちよさも格別なのだ。

「えっ!? 温泉があるんですか!?」

ぐりんと勢いよく首を振って、シャラが興味を示す。

あー、そういえば重度の風邪でここ二日ほどろくに風呂にも入っていなければ、身体を拭いてもいない。女子としてはやはり身体を綺麗にしたくて仕方ないところだろう。

「ああ、家の裏にあるぞ。というか、温泉があるからここに家を建てたんだ」

「へ～！」

シャラが感嘆の声とともに、目をキラキラさせる。

その食いつきっぷりは、軽くこっちが引くほどである。

「随分興味深々だな？」

「あう、え、えっと、あたし、温泉って実は入ったことなくて。ずっと家の中にいたから」

うつむき加減に照れたように言うが、内容はなかなか壮絶である。

実はカブールには温泉施設があるのだ。しかし半魔族である彼女は人前に出るわけにはいかない。

すぐ近くにあるのに入れない。それはとても悔しかったに違いない。

「そうか。んじゃ入ってこい。そこの勝手口から出れば温泉だから」

「だ、だめです、さっきロスタムさんも入りたいって。居候の身で家主より先に入るわけには……」

シャラザードはぶんぶんっと手と顔を左右に振る。

やれやれ、変なところでこいつは遠慮しぃなんだよなぁ。人間としては美徳だとは思うが、一方で水臭いとも思う。

俺はシャラの頭をくしゃっと優しく撫でて言う。

「家主とか居候とか、堅苦しいことは抜きだ。そうだな。さん付けもなしだ。呼び捨てでいい。ほら、呼んでみろ？」

「ええぇ!?　こ、こんなにお世話になってる人に、そ、そんな恐れ多いですよぉ」

「世話になってると思うなら、むしろ呼んでくれ。後敬語も禁止だ。他人行儀なのは好きじゃない」

確かに、人間関係で礼儀は必要だ。

だが、礼儀正しさは一方で、よそよそしさを生む。

子供の時から、俺は「特別」だった。ずっと他人から線を引かれて生きてきた。魔竜王を倒し、呪いを受け、それはさらに加速した。

シャラとはお互いお尋ね者、運命共同体であり、これから一緒にやってくというのに、ぎこちない関係は、正直御免だった。

「あうあうあう……と、とりあえず温泉行ってきます！」

頭がオーバーヒートしたらしく、目をぐるぐるさせながら、完全にテンパった顔で叫び、勝手口を開けて部屋から出ていく。

バタンというドアが閉まる音とともに、静寂が辺りを支配する。

「あー、少し性急すぎたか」

まだ会って数日だしな。それで呼び捨てにしろ、敬語もやめろとは、さすがにいきなり距離を詰めすぎたかもしれない。

ふう、この辺、本当に俺は不器用だ。

なんて反省していると、不意にまた勝手口が開き、シャラが扉の影からちょこんと顔だけ出す。

「ロ、ロスタム！　こ、これでいいよね!?」

リンゴのように真っ赤な顔でまくし立てるように言って、シャラはバタンと再び勢いよく勝手口を閉める。

俺は一瞬ポカンとなったが、ついで思わずくくくっと笑みがこぼれる。

つくづく、うん、本当につくづく。

かわいいやつだった。


「上がりましたーっ！　温泉って、温泉って、すばらしいですね！」

勝手口から、ほかほかと肌を紅潮させて、シャラが温泉から戻ってくる。

その顔は実に満足げである。よほど温泉がお気に召したらしい。

「それはよかったな。けど、敬語に戻ってるぞ」

「あうっ、そ、その、き、気持ちよかったよ」

たどたどしい感じで、シャラが返してくる。さすがにまだ慣れないのだろう。

この辺りは時間が解決してくれると願おう。

「そっか。じゃあ、俺も入ってくっかな」

俺はタオルを手に取って立ち上がり、パァンと自らの肩に叩きつける。

うむ、この小気味いい音がけっこう気に入っている。

「あっ、いってらっしゃい」

「おう」

すれ違いざま、シャラに声をかけられる。ほんの些細なことだがこういう時、挨拶を交わせることに、小さな幸せを感じてしまう。

「さすがに、この時期になるとちょっと肌寒いな」

勝手口を抜け服を脱ぎ放つと、俺は寒風に少し身体をぶるっと震わせる。竜の鱗に覆われていようと、寒いものは寒いのである。

俺は急ぎ足で温泉へと進み、どぼんっと温泉に身体を突っ込む。

「ふぃーっ！」

思わずなんか変な声が出た。寒さを感じてから温泉に入ることで、そのギャップが素晴らしい快感を生むのだ。

今も、顔は寒さを感じるのに、肩から下はぽかぽかしている。

うむ、めちゃくちゃ気持ちいい。

しばらくそのまま温泉を堪能していたが、さすがにのぼせてきた。

一度、湯から身体を起こし、足だけ浸けつつ風にさらす。これがまた気持ちいいのだ。

ガチャ。不意に背後で勝手口が開く音がして、俺は思わず振り返る。

「ん？　なんだシャラ？　忘れ物でもしたか？」

言いつつも、それにしたって男の俺が入っている時に、年頃の娘がはしたないと内心思ったりしたものだが、シャラの次の言葉は、そのさらに上をいくものだった。

「ううん。お背中、流しに来たの」

「っ⁉」

ぎょっと俺が表情を強張らせる中、シャラは続ける。

「ロスタムには、本当にお世話になってるから」

キュッと唇を引き結び、決意に満ちた顔でシャラは言う。

彼女が俺にかなり恩を感じているというのは感じている。

だがしかし、これはいくらなんでも行き過ぎではなかろうか。

「いや、気持ちはありが……」

やんわりと俺は断ろうとしたが、シャラの思いつめたような深刻な表情に俺は続きを飲み込む。

よく見れば、その身体がカタカタと震えていた。風呂上りゆえ、とも思ったが、どうもそうでもないらしい。

それでなんとなく察する。

「そうか。やっぱり独りで家にいるのは怖いか？」

買い物から帰った時、そんなことを言っていたことを思い出す。

いきなりドアが開いて人間たちが入ってきて、自分を連れ去ろうとするのではないかと不安になった、と。

兵隊が現れた直後である。やはりどうしようもなく不安をあおられるのだろう。

「……うん、ごめん。あたし、ずるいことをした。もちろん、恩返ししたい気持ちに嘘はないけど、本当は……怖かっただけ」

懺悔でもするように、シャラはしゅんとした顔で語る。

そんなに落ち込むこともないんだがなぁ。

「ったく。ガキは余計なこと考えずに、素直に大人を頼ってりゃいいんだって言ったろ」

「えっ？」

「さっさとやれっつってんだよ」

きょとんと戸惑うシャラに、俺は乱暴な口調で言って、親指で自らの背中を指し示す。

すぐにシャラの顔に理解と喜びの色が浮かんでいく。

「は、はいっ！」

返事とともに、タタッと仔犬のように駆け寄ってくるシャラ。

こいつ、実はマルスと姉弟なんじゃないか？

「んしょ、んしょ」

気合の声とともに、ゴシゴシと背中が柔らかいものでこすられる。

「痛くないですか？　それとも弱いでしょうか？」

「いや、気持ちいい」

お世辞抜きに、そう思った。

絶妙の力加減である。

「しかしお前、本当に俺の鱗を怖がらないんだな」

なんとなくわかってはいたことなんだが、それでも苦笑がこぼれる。

俺の背中はもうすっかり呪いに蝕まれ、鱗でびっしりと覆われている。

普通の人ならまず嫌悪するであろうそれを、シャラは躊躇《ためら》いもなく触れてくるのだ。

それがくすぐったくも、嬉しかった。

シャラもクスリと笑みをこぼす。

「お互い様。ロスタムだってあたしの角、ぜんぜん気にしてない」

「んー、そだったか？」

「そうだよ。これまで何度か、あたしのことがバレて街を転々としたんだけど、よく覚えてるよ。憎悪の視線が、この角に集まってるのを」

「……そうか。お前も大変だったんだな」

思わず俺は身体を捻り、シャラの頭を撫でてやる。

俺もずっと経験してきたからわかる。あの異質なものを見る目は、嫌悪に満ち満ちた視線は、心に来るのだ。

悲しみと劣等感と怒りと憎悪が胸の中でどろどろに渦巻いて、とにかく苦しくなるのだ。

「ほら、ロスタムだって、角のこと恐れずにあたしの頭触ってくる」

くすぐったそうに、しかし嬉しそうに弾んだ声でシャラが言う。

ああ、そういえば確かに、角がすぐ近くにあるな。気にしたこともなかったが。

「ねえ、ロスタム。そんなことより、今夜はとても星がきれいだよ。ここは街より空気が澄んでるからかな」

「ん？」

言われて、俺は空を見上げる。

いつものように、満天の星がまたたいている。

そう、いつもと同じ、はずなのに。

ずっとこれまで、何の感慨も抱かずにそれを見上げていたのに。

今夜の星空は、見たこともないほどに、思わず見惚れるほどに、ただただ美しいと感じた。


「ごちそうさん！」

風呂上がり、夕食を食べ終え、俺は満足げにシャラに声をかける。

今日の飯も普通に美味かった。

正直、このままではシャラの飯なしでは生きていけないのではと思えるほどである。

「おそまつさまです」

シャラがペコリと頭を下げつつ、空になった皿を嬉しそうに拾い上げていく。

「片づけぐらい俺が……」

「とんでもない！」

俺の申し出は、言い切る前に、ものすごい勢いでシャラに却下されてしまった。

シャラが深刻そのものな表情で言う。

「家事は全部あたしに任せてっ！　じゃないと申し訳なさで身の置き場がないよ……」

語尾のほうは消え入りそうな小さな声だった。

俺に迷惑をかけまくったという気持ちが拭い去れないようだった。

本当にここにいていいのか、そんな不安も大きいのだろう。家事をすることで、その不安が拭えるのなら、ここにいてもいいと思えるなら、任せるのもいいのかもしれない。

「ああ、わかったよ。んじゃ悪いけど頼むな」

「うん、ありがとう、ロスタム！」

安堵したようにほっと息をついて、シャラが弾けるような笑顔を見せる。

俺としてはそこまで気にすることはないと思うのだが、シャラの様子からみるに、どうも彼女にとってはここは譲れない一線らしい。

「ふんふんふん～♪」

本人も何が楽しいのか俺には全然わからんが、ずいぶんと楽しそうに皿洗ってるし、な。

俺も楽できるし、一石二鳥ということにしておこう。

「くしゅんっ！」

なんてことを思っていると、台所のほうからシャラのくしゃみが聞こえてきた。

次いで、二発、三発。

「おい、大丈夫かー？」

「はい、だいじょうくしゅんっ！」

平気を装おうとしたシャラだったが、その最中にもくしゃみという感じで、明らかに何かの拍子とかではなさそうだ。

「あー、やっぱさっき風に当たりすぎたんだろ」

さっき、とは温泉での背中流しの一件のことである。

俺は足だけは温泉に浸かっていたし、背中流してもらった後入り直したから身体は温まっているが、シャラはそのまま家に帰ってしまったのだ。

さらに言えば、暖炉の火にしばらく当たるようにも言ったんだが、夕食の準備をしなくては、すぐに台所に行ってしまっている。

「ほら、今日はもう寝ろ。温かくしてな。これ以上無茶したら風邪ぶり返すぞ」

「あうう、でもまだ洗い物が……」

「俺が……いや、明日の朝にでもすればいい。ほら、とっとと寝室に行け」

俺がやってもよかったのだが、仕事を取ると不安になって安めなさそうだからな。

その辺は配慮することにした。

「ううっ……はい、おとなしく寝ます」

せっかく治した風邪がぶり返したら立つ瀬がないと判断したらしい、シャラは素直に頷く。

肩を落とし、とぼとぼと寝室へと向かうシャラの後を、俺は立ち上がり追いかける。

「ロスタム？　どうしたの？」

「まあ、まだ独りで寝るのは怖いだろって思ってな」

振り返り問うシャラに、俺は特に意識せずにフラットに返したのだが、瞬間、彼女の顔がカーッと突然、羞恥に染まった。

「ん？　どうした？」

「そ、そんなことはありません！」

妙に、強い口調でシャラが反論してくる。まあ、微妙なお年頃だしな。

独りじゃ寝れないだろ、とかはちょっとデリカシーに欠けた発言だったかもしれない。

だが、それがわかってもなお、なぜか妙にむくむくと俺の心に悪戯心がわいてくる。

ニヤニヤと悪戯っぽく口元をゆがめて、俺は問う。

「本当に？」

「ロスタムの意地悪！　きr……～～っ！　なんでもないっ！」

本当に、シャラは可愛いと思う。反射的に嫌いと言いかけたようだが、言葉を飲み込むところが、くすぐったくはあるが素直に嬉しい。

そこに、本当の想いが透けて見えたから。

「……ありがと。実は怖かったの」

やがてぼそりと伏し目がちに、しかしはっきりと俺に聞こえる声で、シャラがお礼を言ってくる。

俺はくしゃっと彼女の頭を撫でる。

「こっちこそ、ありがとな」

「？？？」

ここで俺からお礼が返ってくるとは思わってなかったらしい。

まあ、普通はそうだよな。だがそれでも、俺にとっては感謝したいことだったのだ。

「本当に面倒かけてごめんね」

寝室に移動してベッドに横になりつつ言う。

どうやらまたベッドを自分が占領することに、罪悪感があるらしい。

「何度も言ってるだろ。ガキが余計な気を遣うな。俺は魔竜王を倒した男だぞ」

俺はフッと冗談っぽく笑う。

シャラもクスリと笑い、するりと布団から手を伸ばして俺の手を握ってくる。

「そうだね、ロスタムはすごく強いんだもんね」

「ああ、だから心配いらない」

「うん、ありがとう。……ふふっ、ロスタムの手って、ちょっとひんやりしてるね」

その言葉に、少しだけ俺の心はどきっとする。

シャラは笑顔だったから、決して悪いことではないとわかってはいても、どうしようもなく、反射的に身体が強張ってしまう。

「そりゃ鱗があるからな。あんま柔らかくなくて握り心地悪くてすまんな」

務めて平静を装って、俺は返す。

キュッとシャラが握り締める力を強める。

「そんなこと、ないよ。確かに硬いけど、その分、とても頼もしく感じる。何があっても、大丈夫だって」

「……そうか」

「それに、手が冷たい人って、心が温かいってよく聞いたよ。ほんとだね」

「……とっとと寝ろ」

照れて、心にもないことを言ってしまう。

そんな俺にも、シャラは優しく微笑んでくれる。

こんな他愛ないやりとりが、ふれあいが、俺の凍りかけた心を、じんわりと温かくして溶かしていくのを、自分でも感じずにはいられなかった。

第三話

呪われし勇者は、闇と光のはざまに惑う

第三話

　さて、ちょっと辺りをぶらぶら散歩しようと思うんだが、お前もくるか？」

　朝食が終わって一服した後、俺はなんとはなしにそんなことを言い出した。

　ちょっと外に用事があったのだが、昨日の今日で家で独りも不安だろうしどうせなら、ぐらいのほんの軽い気持ちだったのだが、

「う、うわあああっ！　い、いいんですか!?」

　向かいの席に座っていたシャラは、目をキラキラと輝かせる。

　よほどうれしかったらしい。

「マ、マルスも！　マルスも連れてってかまいませんか!?」

「ああ、もちろんだ」

「しょ、少々お待ちくださいっ！　すぐにお皿洗って準備してきますね！」

　言うや、シャラはテーブルの皿をぱぱっと積み重ねて、急ぎ足で台所へとパタパタかけていく。

その顔はこれでもかと相好が崩れニヤけていて。

それを見た俺も、口元がニヤけるのを止められなかった。

＊　＊　＊

鬱蒼とした木々が、太陽の光を防いでいる。

その木漏れ日を、葉っぱに残る朝露が反射しキラキラとプリズムを作る。

「ふああああああ！　奇麗なところー」

シャラが感動したように、目を輝かせている。

まあ、ほとんどずっと家の中に隠れているような生活を送ってたらしいからな。

外界の刺激には格別のものがあるのだろう。

「ここはダバーマント山のふもとの森だ。位置的にはお前が住んでいた街ササンから東へ徒歩で一〇日ほどのところにある」

「一〇日!?」

またまたシャラが驚き、ぐりんっとすごい勢いで俺のほうへと首を振り向かせる。

「あの、でも、気が付いたらあたし、この家で寝てたんだけど!?」

「ん？　ああ、俺はテレポートが使えるから、一瞬で移動できる」

「ええっ⁉」

　またまた驚く。その様子がなんとも小動物っぽくて目に楽しい。この魔法を俺が使えるのは割とメジャーな情報だと思っていたんだが、どうやらシャラは知らなかったらしい。

　まあ、外界の情報は限られていただろうし、仕方ないか。

「森内の魔物の類は駆逐してあるから、安心していい。むしろ危険なのは……」

「ひ、ひぃっ！　そ、その角！　魔族⁉」

　話の途中、恐怖に怯えた声が響く。

　振り返れば、猟師と思しき格好をした男が、こちらを見て表情を青ざめさせている。

　俺と視線が合うと、猟師はほっとしたように息をつく。

「ロ、ロスタムさん。そ、その魔族のガキは貴方が捕まえになったんで？」

　猟師が愛想笑いを浮かべながら問いかけてくる。

　この森で仕事している彼としては、俺のご機嫌は取っておきたいところなのだろう。

　何せ彼が安全にこの森で猟ができるのは、ひとえに俺のおかげなのだから。

「違う。引き取ったんだ」

「ちょっ⁉　魔族は我ら人間の敵ですよ⁉　そんなのかくまうだなんて、聖騎士の称号だって剥奪されるかもしれねえ。わ、わかってんですかい⁉」

「承知の上だ」

「し、知りませんよ、どうなっても」

猟師は厄介事にはかかわりたくないとばかりに顔を引きつらせ、そそくさとその場を去っていく。

「やれやれ、こっちのことも考えてほしいもんだ。いつ国から討伐軍が差し向けられてもおかしくねえ。これじゃあ商売あがったりだっての」

そんなぼやきも風に乗って聞こえてくる。

本人はそんなつもりはないのだろうが、これでも耳はいいほうなのだ。

つーか元々、この森自体、国から下賜された俺の領地なんだがな？

これまで黙認してやっていたってのになんともひどい言い草だった。

「まあ、変なのがいたが気にせず散歩を続け……っ!?」

笑顔を作ってシャラに声をかけようとしたが、俺は続きを飲み込む。

彼女はうつむき、目に涙を溜め、何かに耐えるように歯を食いしばっていた。

「ど、どうした!?」

「う、ううう……こ、この角が、こんな角があるから……っ！」

絞り出すような声で言うや、ぽろぽろと目から涙の珠が零れ落ちる。

「あたしは悪いこと何もしていないのに！　これからだってしないのに！」

シャラの慟哭が、俺の心をきしませる。

何もしていないのに責められる、弾かれる苦しみは、俺も知っている。

本当にやるせなくて、納得がいかなくて、怒りと憎悪が心の中に渦巻くのだ。

そんな感情、持ちたくもないのに止まらなくなる。そしてそれがさらに、自己嫌悪を加速させる。

まさに負の連鎖だった。

「こんな角っ！」

「お、おいっ⁉」

シャラが右の角を両手で掴みへし折ろうと力を籠めるのを、俺は慌てて止める。

魔族の角は硬く、強靭だ。女の、しかも年端もいかないシャラの腕力ではまずどうこうできる代物ではなかったが、止めずにはいられなかった。

「離してっ！」

「そんなわけにいくか！」

半ば強引に角から指をはぎ取るや、俺は彼女を抱き締め叫ぶ。

魔族にとって、角は魔力のコントロール器官である。

折れれば体内の魔力が暴走、やがて自壊する。

それは半魔族の彼女とて例外ではない。そんな自殺めいたことを彼女にさせたくはなかった。

「うう、ううっ、うわあああっ！」

俺の腕の中で、シャラが思いっきり泣き出す。

やはりまだ、自分の生い立ちを受け入れられてはいないのだろう。

無理もない。大人の俺でさえ、この竜鱗のことを受け入れられていないというのに、まだ彼女はこんなに小さいのだ。

「そうだな、俺たちはただ静かに暮らしたいだけなのに、な」

俺はギュッとシャラを抱き締める。

彼女に独りじゃないんだと伝えるために。今の俺には、それしかできなかった。

「その願い、叶えてあげましょうか？」

不意に、背後から艶めかしい声が響いた。

ギョッとしつつ、俺は後ろを振り返る。おいおい、気配をまるで感じなかったぞ!?

「っ!?」

振り返り、さらに俺は瞠目する。

そこにいたのは、胸と股間だけを布で隠し、肉感的な肢体をあられもなく晒した、なんとも妖艶ないでたちの美女である。

シャラもかなりの美形だが、こちらはそれ同等以上、さらに彼女にはない色気まである。

絶世の美女といって差し支えないだろう。だが、それよりも目に付いたのは、そのこめかみから生える二本の角である。

シャラのものの倍以上はある立派さだ。まごうことなき魔族である。しかも、角の大きさは、魔族の格を表すことからして、相当に高位の。

「お初にお目にかかりますわ、勇者ロスタム様。わたくしはミスラ、と言えば伝わりますかしら？」

魔族の美女が妖しくなまめかしく微笑む。

普通の男だったら、魔族だということも忘れてうっとり見惚れてしまうのかもしれないが、俺はふんっと鼻を鳴らす。

「七大魔王の一、妖魔王か」

魔軍の中でも、インプやサキュバス等、妖魔と呼ばれる者たちを統べる王だ。

傾城の美女ともっぱらの噂だったが、確かに、だな。美しい花には棘があるの典型みたいな女だ。

俺はジッとミスラを見据え、

「だが、仮にも魔王ともあろう者が、人間相手に幻体での来訪とは臆病風にでも吹かれたか？」

ニッと口の端を吊り上げ挑発で返す。

いかに七大魔王の一人と言えど、気配を一切悟らせずに俺の背後を取るなどできるわけがない。

「ザッハークを倒した化け物を警戒することを、臆病とはわたくしは思いませんわ」

「ふん、で、何の用だ？」

プライドを刺激して揺さぶろうとしたのだが、あっさりすかされた。

やはりこの辺は、脳筋のザッハークとは違うらしい。

「本日は、お誘いに参ったのです」

「誘い？　なんのだ？」

俺の問い返しに、ミスラはにっこりとあでやかに微笑む。

「勇者ロスタム様、我ら魔族は、貴方を新たな魔王として迎えたいと思っております」


「俺を、魔王に？　いったいなんの冗談だ？」

嘲笑めいた苦笑とともに、俺はミスラに言葉を返す。

そう、たちの悪い冗談にしか聞こえなかった。

まがりなりにも勇者と呼ばれ何千何万という魔族を狩ってきた俺が、よりにもよってその彼らを統べる魔王になるなど。

「ふふふっ、冗談ではございませんわ。本気も本気。真剣なお誘いですのよ？」

「その物言いがすでに本気に聞こえないな」

「それはごめんなさい。でも、こういう話し方なんですの、わたくし」

「ふんっ」

どうにも言葉の端々が鼻につく女である。明らかにだましや企みの気配がある。

そして、それを隠そうともしない。俺はあまりそういう狐狸《こり》の騙し合いのようなものは得意ではない。やりにくいことこの上なかった。

「ふふ、不快にさせてしまいましたか？　でも貴方にとって決して悪い提案ではないはずですよ？」

「ほう？　そうとは思えないが。今さら人々の為にってガラでもないが、わざわざ好きこのんで人間の敵になる気もない」

「それも時間の問題でしょうに」

ミスラは口元に手を当てて、クスクスと笑い出す。

何か小馬鹿にされているようでカチンとくるな。

「ミスラ、俺はあまり迂遠《うえん》な言い方は好きではない。遊ばれるのもな」

「あら、そんなつもりはありませんのよ」

「お前のテリトリーはだいたいわかっている。これから乗り込んでやってもかまわんのだぞ？」

ジロリと殺気を視線に込めると、ミスラの余裕めいた妖艶な笑みがわずかに強張る。

当然と言えば当然か。俺は七大魔王最強と名高い魔竜王ザッハークを倒している。

今の俺は、あの時よりさらに力を付けている。

たとえ魔王といえど、そう余裕ぶっていられる相手ではないはずだった。

「……ごめんなさい。本当にこれは性分なのです。気に障ったのなら謝りますわ」

さすがに俺と真っ向から事を構えるのは避けたいらしい。ミスラが素直に謝罪の意を示す。

まあ、多少は溜飲は下がったな。

「ですが、あえて言わせてもらうならば、すでにロスタム様は人間の敵ですわ」

「……かもな」

自嘲とともに、俺も認める。

シャラをかくまった以上、そう認識されるのは仕方ない。

「だが、相手にそう誤解されているだけなのと、事実にするのとでは、天と地ほども隔たりがある。俺から人間に害を及ぼす気はない」

「ふふっ、さすが勇者様。お優しいことですわ〜」

「……何が言いたい？」

やはり、どうにもミスラの物言いは癇に障る。

言葉こそ「優しい」だったが、言外に「甘い」と言われてる気がした。

「そのうち、間違いなく人間どものほうから貴方に害を為してくるでしょう。それこそ殺意を持って。いつまでそんなお優しいことを言っていられますかしらね？」

「ふん、奴らだって俺の強さぐらい知っているだろう」

それまで人間には太刀打ちのしようもなかった最強の魔王ザッハークを倒したのだ。

スタンピードだって幾度となく撃退した。

そんな相手を討伐しようとすれば、甚大な被害が出ることぐらいどんな馬鹿でも想像がつく。

さすがにあちらからそうそう、藪を突っついてはこないだろう。

腫れ物のように、なるべく刺激せず見て見ぬふりをするはずだ。

そう、それこそミスラたち魔王たちにそうするように。

「ふふふっ、ロスタム様は人間というものをわかっておられませんね」

そんな俺の目論見を、ミスラは一蹴する。

「まさか魔王にそう言われるとは思わなかったな」

「ふふっ、これでもわたくし、千年は人を見てきた身ですので。また、他種族だからこそ客観的に見ることができる部分もありましてよ？」

「ふん。で、俺が何をわかってないって？」

つまらなさげに鼻を鳴らして俺は問い返す。

胸がどうにも、ざわついた。

ミスラの言葉を無視したいのに、できない自分がいる。

ミスラは冷笑とともに言い切る。

「人は最初から敵である者より、裏切り者にこそ最も憎悪を向けるものですわ」

「俺は何も裏切ってはいないつもりだが、な」

「ふふっ、あくまで相手がどう思うか、ですわ」

「…………」

俺は返す言葉を失う。それはまさしく、俺が無意識に気づいていていながら、目を背けてきた不安そのものだった。

これまでも、俺は人々に期待を裏切られ続けてきたから。

「まあ、答えはまた今度でけっこうですわ。考える時間も必要でしょう」

ミスラはわかっているとばかりに優しく微笑む。

胸に染み入るようで、だからこそ吐き気がする。

なによりも、何も答えられずにいる自分自身に。

「ではごきげんよう、ロスタム様。次は良いお返事が頂けることを願ってますわ」

その言葉を最後に、ふっとミスラの姿は空気に溶けて消えた。

＊　＊　＊

ひゅおおおおっと肌に染みるような山風が吹き下ろしてくる。

森を抜けた小高い丘には、三つの石が立ち並んでいた。

「ロスタムさん、ここは？」

「戦友たちの墓、だ」

おずおずとしたシャラの質問に、俺はぼそりと返す。

そう、ここは俺と共にザッハークと戦った仲間たちが眠る場所だった。

ミスラとの話の後、知らず知らずのうちに、足がここに向いていた。

「ルーダ、ソフラーブ、タハミーネ。みんな強くいい奴だった」

今から思えば、あいつらとともに冒険した三年が、俺にとって一番幸せな頃だったように思う。

確かに今よりずっと弱くて苦労したし、喧嘩もした。

だがそれでも、わいわいと楽しかったと思う。

……俺はどうして、魔竜王を倒そうなんてしたんだろうな。

昔の自分に、反吐が出る。人々の平和の為だとかそんな空疎な言葉に血道を上げ、本当に大切なものを失ってしまった。

その代価として得たものと言えば、俺は呪われ半分化け物になり、守ったはずの人々から忌み嫌われることである。

今はついには犯罪者扱いだ。しかも魔王になれなんて誘いまで受けた。俺の人生とはなんだったのかと、どうしても思ってしまう。

「ん？」

不意に、左手に柔らかな感触と、ぬくもりを感じる。

「どうした、シャラ？」

「なんか、ロスタムつらそうだったから」

「そうか、ありがとな」

昔の俺ならば、つらくなどないと突っぱねていただろう。

だが、シャラの言葉は、素直に受け入れられた。

「お礼なんて言わないで。ロスタムが今こうなっているのは、あたしのせいなんだから。あたしなんかをかくまっちゃったから……」

「お前のせいじゃない。何度でも言うが、ガキはそんなこと気にせず、大人を頼ってりゃいい」

「そうは言っても、気にするよ……」

うつむき加減に顔をくもらせて、シャラは言う。

猟師にミスラと、立て続けに「現実」を叩きつけられたからな。ずっと家に籠っているのもなんだと気晴らしに散歩に誘ったのだが、とんだ災難に見舞われたものだと思う。

「……ねえ、ロスタムは魔王になるの？」

そっとシャラが不安そうに俺を見上げ、問うてくる。

自分のせいで勇者だった俺が、魔王に堕ちる。

それはとても責任を感じもするのだろう。こんな年端もいかない少女にはとても重すぎるものだ。

だから俺は、きっぱりと言い切る。

「今のところ、そのつもりはない」

まあ、あくまで今のところは、だがな。実のところ、今後もそうだと言い切れる自信が、今の俺には正直ない。

ミスラと話していて、気づいてしまった。

きっぱりとミスラに拒絶の言葉を口にできずにいる自分に。

どうしようもなく人を信じられなくなってる自分に。

人間たちに憎悪さえ感じている自分に。

「まあ、万が一魔王になるとしても、お前の面倒は見るから安心しろ。つーかそうなったら、お前のほうが愛想をつかすか？」

唐突に不安がこみあげてきて、俺はおどけた調子を装ってシャラに問う。

言ってから、タイミング悪すぎだろっと自分で突っ込むが、後の祭りだった。

どうしようもなく、訊かずにはいられなかったのだ。

「愛想なんて、つかすわけないよ」

「っ！」

わずかの迷いもなく答えてくれたのが、素直にうれしかった。

シャラの俺の手を握る力が、強まる。

「ここが、ここだけが、あたしの居場所だから。ロスタムがいていいって言う間は、あたしはずっとロスタムのそばにいる」

「……そうか」

その言葉に思わず胸から熱いものがこみあげてきて、俺はぶっきらぼうになんとかそう返すことしかできなかった。

どんなに堕ちても、付いてきてくれる人がいる。

そのことが、途方もなく、うれしかった。少なくとももう、俺は独りではないのだ、と。

今なら、はっきりとわかる。

俺はずっと、寂しかったのだ。

強がって、認めたくもなかったけれど。

どんなに身体は魔王並みに強かろうと、俺の心は人間なのだ。

孤独には、耐え続けられない。

そのことを、これでもかと痛感する。

今後、どうするかはまだ決めかねている。

だが、一つだけ確かなのは、シャラは必ず何があろうと守る、ということだ。

そのためなら、手段は選ばない。

シャラの手をギュッと握り返しながら、俺はそう固く心に誓った。

第四話

呪われし勇者は、少女騎士から兄と呼ばれる

第四話

「マルス、いくよーっ！」

「きゃんきゃん！」

シャラとマルスが湖のほとりを無邪気に走り回っている。

ここはダバーマント山のふもとにあるザーブリスターン湖である。

ここならそうそう人が来ることもないし、気分転換にはもってこいと足を運んだのだ。

「随分と楽しそうだ。連れてきて正解だったな」

聞いている限り、シャラはずっと家に閉じこもっていたみたいだからな。

自然の中で走り回るみたいな経験は、おそらくなかなかしてないだろうからな。

相当にお気に召したらしく、すっかり夢中になっている。

「……ふむ、まだ少し胸は痛むか」

左胸のあたりをギュッと押さえ、俺は苦い笑みをこぼす。

視線の先にあるのは、木造の丸太小屋だ。

ここで俺と、ルーダ、ソフラーブ、タハミーネの四人は、打倒魔竜王ザッハークを掲げ、互いに腕を磨き合った。そういう思い出の場所だ。

だからこそ、ずっとここには足を運べずにいた。いやがおうにも、思い出してしまうから。

「ロスタム！　凄くいいところだね、ここ！」

はあはあと息を弾ませながら戻ってきたシャラが、頬を紅潮させながら言う。

足元では、マルスもはっはっはっと舌を出して息している。

おまえらほんと、姉弟なんじゃないか？　とは思ったがあえて口にはしないでおく。

「そうか、ならもう少し遊んでいていいぞ。俺はここで昼寝してるから」

ぽてんっと俺はその場に寝っ転がる。

大地の感触と、草木の匂いと、湖から感じるほのかに水気を帯びた空気が、なんとも心地よい。

「えー、ロスタムも一緒に遊ぼうよ」

「そんな年でもねえよ」

さすがに走り回るだけで楽しいと思えるほど初心ではない。

そもそも身体能力に差がありすぎるし勝負にならないし、な。

「むう、ならあたしもここにいる」

シャラは少しだけほっぺたをふくらませるが、ぽさっと俺の隣に腰を下ろす。

「ん？　俺にかまわず遊んできていいんだぞ？」

「いいの！　景色見てるだけで楽しいし」

「そうか」

「あっ、そうだ！　ロスタム」

そう言って、シャラがぽんぽんっと自らの太もものあたりを叩く。

意味がわからず、俺は目で問い返す。

「昼寝するなら、ここを枕にして。そのほうがきっとよく眠れるよ」

「は、はああ？　い、いいよ、別に。足しびれるぞ」

「いいよ、我慢する。我慢できる」

「いや、だから、わざわざそんな我慢しなくても、だな」

「これぐらい、させて。ロスタムにはもう返し切れないぐらいの恩があるから。ほんの少しでいいから、返させて」

「わーったよ」

こうも必死な瞳で懇願されると、俺も了承せざるを得なかった。

どうにも俺は、こいつのこういう瞳に弱い気がする。

「んじゃや、失礼するぞ」

少し身体を起こして回転させて、ぽすんっとシャラの膝の上に頭を乗っける。

おお、なんか予想以上にこれ、いいかもしれん。

弾力がなんとも程よい感じなんだよな。

「ふふっ、おやすみ、ロスタム」

シャラが慈母のように微笑んで、そっと俺の髪を撫でてくる。

陽光が煌めいて、とてもまばゆかった。心が安らぎ、身体から力が抜けていくのを感じる。

やはり王国を敵に回したということで、知らず知らずのうちに緊張していたらしい。

ずっとこのままではいられないのは薄々俺もわかっている。

だが今は。

今だけは。

この穏やかな日常が、少しでも長く続けばいいと思った。

だが、やはり現実はそう甘くはない。

「っ!?」

突如、頭の中に警報が鳴り響き、俺はガバッと飛び起きる。

「ど、どうしたの、ロスタム!?　変な夢でも見た？」

シャラが驚きに目を丸くしている。

まあ、いきなり俺が跳ね起きたんだから、何事かとも思うだろうな。

「森に誰かが侵入してきた」

俺もただ漠然と散歩をしていたわけではない。

認めるのは癪だが、ミスラの言う通り、いつ誰が襲ってくるかもしれぬ状況だ。念のため、侵入者を感知する結界を張っていたのである。

まさかその日のうちにかかるとは思わなかったけどな。

「ま、まさか、また王国の人たちが!?」

怯えるシャラに、俺はかぶりを振る。

「いや、どうも一人のようだ」

「じゃあ、さっきの猟師さん？」

「そういう感じでもなさそうだが……」

俺の感知結界は、侵入者が女であることを告げてきている。

加えてなにより、その身にまとう気と魔力の量が常人離れしている。明らかに只者とは言い難い。

「早速、俺を狙ってやってきた刺客か何かか？　しかし単独とは俺もなめられたものだ」

俺は思わずフッと小馬鹿にしたように笑みをこぼしてしまう。

あまり褒められたものではないかもしれないが、さすがに、な。

確かに感知結界の情報から察するに、侵入者はなかなかの力量の持ち主のようだ。

だがそれでも、俺を相手にするにははるかに足りなすぎるというしかない。

「睡眠中にしかけられても面倒だ。ここで迎え撃つか」

幸い、侵入者は一直線にこちらに向かってきているようだった。

まあ、俺の身体を覆う気と魔力は、竜鱗のせいもあり相当なものだからな。

探知魔法でも使って、それを探り当てたのだろう。

間もなくして、鬱蒼と茂る森の中から、一人の女性が姿を現す。

俺はギョッと思わず我が目を疑う。七大魔王の残り六人が勢揃いしていても、俺はおそらくここまでは驚かなかっただろう。

知った顔、だった。

一〇余年が経った今も、見間違えることはなかった。

そこにいたのは――

「タハミーネ……」

かつて魔竜王ザッハークとともに戦った戦友の一人にして、この戦いが終わったら結婚しようと、将来を誓い合っていた女であり――

そしてもう、この世にはいないはずの女、だった。

「お前は、誰だ？　タハミーネは、確かに死んだはずだ。俺の目の前で、な」

すっと俺は腕でシャラをかばいつつ、現れた美女に強い口調で詰問する。

どれも見れば見るほど、俺のかつての恋人に瓜二つ、だった。

腰ほどまである長いブロンドの髪に切れ長のブルーの瞳、すらりとしたスレンダーな体躯、端正な顔立ち。ここまで似ていると、妖魔王ミスラあたりの悪戯かと勘繰りたくなるほどである。

「私はタハミーネ姉さんではありません」

姉さん？　そういえば、あいつには一〇歳ほど年の離れた妹がいたっけ。何度か俺も、顔を合わせた記憶がある。

随分と大きくなったものだ。俺が最後に会った時にはまだ子供だったというのに。

確か名前は——

「ラクシュ、か？」

「はい、お久しぶりです。ロスタム兄様」

ラクシュが小さく会釈してくるが、その表情は、随分と硬かった。

むしろ目つきは険しいとさえ言える。その視線の先にいたのは、俺ではなくシャラだった。

「で、説明願えますか？　その子、幼いですが魔族ですよね？」

「魔族じゃない。半魔族《ダンピール》だ」

とりあえず俺は訂正するが、ラクシュの表情は依然、厳しいままである。

質問内容からして、俺がアフサーナ王国に三行半を突きつけたことはまだ知らないっぽいが……。

「関係ありませんね。魔族も半魔族も、見つけ次第処刑。それがこの国の法です」

どちらにしろ、取りつく島はなさそうである。

侮蔑と嫌悪に満ちた氷の視線でシャラを見下ろし、ラクシュは冷徹に言い切る。

……俺の記憶が確かなら、もっと笑う子だった記憶があるのだが。

随分と、印象が変わったような気がする。

「彼女は、シャラは、何も悪いことはしていない。ここで静かに暮らしたいだけだ。俺に免じて、見逃してくれないか？」

「姉さんを、いえ、我がサマンガーンの一族を皆殺しにした魔族をかばう、と？」

「……一族皆殺し!?」

あまりにも不穏な言葉に、俺は眉をひそめる。

サマンガーン家は、半神半人の英雄ジャムシードの血を引く由緒正しき武門の名家である。

その血統からは、タハミーネのようにその身に聖痕を宿した「英雄」が生まれることが多く、アフサーナ王国の守りの要とも言われてきていた。

特に当代の当主ザール・サマンガーンは、歴代でも傑出した戦闘能力を誇る英傑だと聞いている。その下にも、聖痕を持つ英雄が十数人からいたはずだ。

それがまさか皆殺しとは、にわかには信じられない事態である。

「いったいどういうことだ!?」

「とぼけずにこっちの質問に答えてください！　魔族をかばうなど正気ですか、ロスタム兄様!?」

ラクシュが強い口調で言葉を投げつけてくる。

いや、別にとぼけたわけではないんだがなぁ。

チラリとシャラをうかがうと、すっかり怯えて、表情は青ざめ身体を震わせている。

やれやれ、だ。

「とりあえず落ち着け、ラクシュ。その調子では話もできん」

「それは兄様の返答次第です！」

「……いたって正気だ。繰り返すが、彼女は魔族じゃなく半魔族《ダンピール》だ。何も悪いことはしていないし、これからも俺がさせない」

「何を呑気なっ！　魔族の血を引いている以上、その血に宿る狂暴性がそのうち目覚めるのは火を見るより明らか！　それがわからぬ貴方ではないでしょう!?」

烈火のごとき怒りとともに、ラクシュが糾弾してくる。

取りつく島もないとはこのことだな。俺は小さく嘆息し、

「確かに、かつて半魔族《ダンピール》の犯罪が国内外を問わず横行したのは知っている」

俺の言葉に、ばっと勢いよくシャラが不安そうに俺を見上げてくる。

俺の服を掴む手に、力がこもる。心配するなと俺は彼女の頭を軽く叩き、

「だが、それが魔族の血によるものだとは、俺は思っていない」

俺は、人間たちが半魔族に向ける嫌悪の視線を知っている。

俺は、人々の嫌悪の目がどれだけ心をえぐるかを知っている。そして迫害された人間が迫害した人間に憎悪を抱くことを、俺は誰よりもこの身で思い知っている。

「半魔族《ダンピール》の復讐を呼んだのは、人間自身だ」

そう、単なる自業自得なのだ。

加害者は得てして、自分が何をしたのか忘れてしまうが、被害者はしっかりと覚えているものだ。

いざ被害者になってから、どうしてとか言い出すのは、滑稽もいいところだった。

「嘆かわしい。その狡猾な小悪魔にすっかり取り込まれてしまったようですね」

ラクシュが忌々しげに顔をゆがめる。

俺たちへ向ける視線が、もはや親の仇を見るかのようであった。

「もはや話し合いの余地はないようですね。魔族の血を引く者は一匹残らず殺す。そう私は一族の墓前に誓ったのです」

すぅっとラクシュが腰の剣を抜き放っていく。

その身体から発せられる殺気は、間違いなく本物だった。

まあ、彼女が先ほど匂わせていたことが本当で、魔族に一族郎党を殺されたというのなら、俺ごときの言葉ではもう止まれまい。

本当に全く、やれやれ、だ。

「はぁっ！」

「ちっ」

キィン！　俺も素早く剣を抜き放ち、シャラの顔面めがけて放たれた突きを防ぐ。

「あくまで邪魔だてするつもりですか……」

「そりゃあ、な」

「ならば貴方を先にやるまで、です」

ヒュン！　と風切り音とともに、ラクシュが俺の首筋目がけて横薙ぎの一閃を放ってくる。

S級冒険者のものと比較しても遜色ない一撃だったが、俺は身体をわずかに後ろにそらすことで紙一重でかわしてみせる。

「ふぅっ！　やぁっ！　たぁっ！」

ラクシュは続けて、三連撃を打ち込んでくる。

一撃一撃のつながりに無駄がない、なんとも洗練された太刀筋である。

タハミーネのものに、よく似ていた。だからこそ、見切るのはたやすい。

「ほっ、とっ、とっ」

キィンキィンキィン！　俺はそれらを最小限の動きで軽々と防いでいく。

とは言え、かつての恋人に瓜二つの妹に剣を向けるのは、正直気乗りするものではない。

さっさと実力差を感じて剣を収めてくれればありがたいんだが……

「はああっ！　せやっ！」

ラクシュが余計に意地になって、気炎とともに剣を振り回してくる。

はぁ……仕方ないな、こりゃ。

「てやあっ！」

「ふんっ！」

大上段からの両手握りの振り下ろしを、俺は片手で握った剣で易々と弾き返す。

膂力の差でラクシュの剣が大きく跳ね上がる。

その隙に俺は自らの剣を彼女の首筋に突きつける。

「あっ!?」

「勝負あり、だな」

「くっ、くううううっ！」

俺の勝利宣言に、ラクシュは悔しそうに俺の剣の切っ先を睨みつつうめき声をあげる。

だが、彼女も誇り高きサマンガーンの戦士の端くれである。

すぐに潔《いさぎよ》く状況を受け入れ、観念したように剣を降ろす。

「殺してください……」

「さすがにタハミーネの妹は殺せねえよ」

苦笑して、俺も剣を引いて鞘に収める。

さすがにもう、向かってくる気力はないだろう。これでようやく冷静に話ができそうだった。

「さっきの話の続きだ。サマンガーン家が壊滅って、どういうことだ？」

「っ!?　知らないのですか!?　国を揺るがす大ニュースになっているはずですが」

「ここに隠遁してからというもの、世事にはとんと疎くてな」

一応、最近、街に二度ほど顔を出したが、シャラ関連で忙しく、社会情勢を聞き出すなんてこと、とてもしている暇がなかったし。

ラクシュがふうっと大きく一つ息をつき、ついで重々しく口を開く。

「事の発端は二週間前です。魔造王イスファンデヤールが、配下の軍勢を率いて我がサマンガーン公爵領に攻め入ってきたのは」

「……あいつか」

苦々しげに顔をしかめつつ、俺は吐き捨てる。

魔造王イスファンデヤール。

隣国イーラーン王国のグシュタースプ地方を根城にしている、即位してまだ一〇〇年足らずと比較的若い魔王である。

そして、この百年で最も多く人里を襲撃しており、七大魔王の中で特に危険視されているやつだった。

「奴の力は圧倒的でした。我がサマンガーンの一族も必死に抵抗したのですが、三日ともたずに……くっ！」

その時の惨状を思い出したのか、ラクシュは悔しそうに下唇を噛み締める。

「あのサマンガーンを三日で落とした、か」

前にも言ったが、サマンガーンは英雄を多数輩出してきた名門公爵家であり、アフサーナ王国の守りの要とさえうたわれている。

アフサーナ王国一の武門の名に恥じず、抱える騎士の質はこのアフサーナ王国では群を抜いていたし、当主ザールをはじめ、ラクシュの他にも聖痕を持つ勇者も複数名いた。

それをそんな短期間で壊滅させるあたり、やはり「魔王」というしかない。

「はい、父も兄たちも、聖痕を持つ勇者なのに、三人がかりでもまるで手も足も出ず……」

「……そうか」

嘆息とともに、俺は空を見上げる。

元恋人《タハミーネ》の実家である。一〇年前までは幾度となく顔を出していたし、世話にもなった。

もういないのかと思うと、小さくはあったが、寂寥感のようなものを覚えずにはいられなかった。

「私にできたのは、サマンガーンの血統を絶やさぬため、幼い甥を連れて逃げることだけ、でした」

「だけってことはないだろ。跡取り息子がいるなら、家の再興はできる」

貴族にとって、「家」の存続は何より重要なことだ。

その可能性をつなげられたことは、大手柄だとは思うのだが、本人はあまり俺の言葉は心に響かなかったようだった。

「私にもっと力があれば……ロスタム兄様ほどの力があれば……っ！　一族の仇が討てるのに！」

ガッ！　とラクシュは拳を地面に思い切り叩きつける。

その瞳は、先程シャラに向けた時のように憤怒と憎悪が渦巻いていた。

俺も経験者だから、わかった。大切な者を理不尽に奪われた時、もう復讐することしか考えられなくなるのだ。そのことで頭の中がいっぱいになって、炎が消えないのだ。

「それで俺のところに来た、か」

得心がいき、俺は小さく苦笑をこぼす。

俺は今の時代で唯一の「魔王殺し」だからな。復讐を遂げるには、俺の力を借りるしかないと考えたのだろう。

妹同然のラクシュたっての頼みだ。疎遠になってはいたが、義理のある相手の仇でもある。

手伝ってやりたいのは山々だったが、

「すまんな。上級魔族程度なら手伝ってやってもよかったが、さすがに魔王相手には付き合えん」

俺は嘆息とともに首を左右に振る。

確かに俺は、魔王を倒した。だが、三人の戦友たちを犠牲にして、俺自身ぼろぼろになって九死に一生を得たような勝利だ。

あの時より多少、強くはなったと思うが、それでももう一度魔王を倒せるかと言えば、正直、半々といったところだろう。

「今、こいつを独りにするわけにはいかないんだ」

ぽんっと俺は、シャラの頭に手を乗せる。俺が死ねば、こいつの面倒を見てくれるような酔狂な人間は、まずいないだろう。

俺はこいつが一人で生きていける力と術を身につけるまで、万が一にも死ねないのだ。

「……貴方には失望しました」

ラクシュは感情のない冷たい眼でそう告げるや、くるりと踵《きびす》を返す。

シャラとの関係も考えると、このまま立ち去らせたほうがいいのはわかっているのだが、妙に嫌な予感がした。

「どこへ行くんだ？」

さすがに放っても置けず、俺は声をかける。

ラクシュは首だけ振り返り、

「グシュタースプへ」

迷いのない声で言う。

魔造王の根城のあるところか。何をしようとしているのかは、考えるまでもないな。

やはり声をかけておいてよかった。

「わかっているとは思うが、今のお前じゃ死にに行くようなものだぞ？」

「かまいません。奴に一矢でも報いられるなら本望です」

「それすら百パーセント無理だな。まず辿り着けもせずに犬死するのが関の山だな」

にべもなく、俺はきっぱりと言い切る。

魔王には多数の魔族と、モンスターが従っているのだ。

確かにラクシュは聖痕を神から授かっている勇者だが、手合わせした感覚からして、単独でそれらを突破できるほどの力量は明らかになかった。

「それでも、行かねばならないのですっ！　私はもう一人前のサマンガーンの戦士です。敵前逃亡の恥を晒したまま、仇も討たずにおめおめと生きたくはありません」

歯を食いしばり、グッと拳を握り締め、ラクシュは悲壮な決意を固めて言う。

完全に自暴自棄になってるな。家族も友人も一度に失ったのだ。仕方ないと言えば仕方ないんだろうが。

「やれやれだ」

ぼりぼりと俺は頭を掻く。

さすがに元恋人の妹を、みすみす死地へと送り出すのは寝覚めが悪すぎる。

「もう一度言う。今のお前じゃ、犬死するだけだ」

「私も言いました。覚悟の上だ、と」

「話は最後まで聞け。だから俺が鍛えてやる」

「え？」

ラクシュの口から間の抜けた声が漏れる。

よほど予想外だったらしい。

「そのほうが一矢報いれる可能性は上がるだろ。見たところ、まだお前には伸びしろがありそうだし、な」

正直に言えば、ラクシュは戦士としてある程度、完成の域にある。これから急激な成長はあまり期待はできないように見えるが、ここは嘘も方便だろう。

厳しい修行を課せばそれだけ嫌なことを考えずに済むし、時間が心の傷を癒してくれることを、俺はよく知っている。

「よろしいの、ですか？」

「ああ、だが一つだけ条件がある。シャラには手を出すな。こいつを傷つけたら、お前でも容赦しない」

念のため、釘を刺すことも忘れない。

こうして俺は、面倒な弟子を抱えることになったのである。

ほんと、やれやれだった。

＊　＊　＊

「タハミーネさんって、ロスタムさんの恋人？」

家に戻るなり、シャラがそんなことを訊いてきた。

ラクシュには湖畔の旧家に泊まってもらうことにした。さすがに一つ屋根の下ってのは怖いからな。男女の問題ではなく、暗殺的な意味で。

「ああ。と言っても一〇年以上も前の話だが、な」

別に隠すほどのことでもないので、俺も淡々と答える。

まあ、少しだけ、胸が痛んだが。

「そう」

痛ましそうな表情で、シャラは顔を伏せる。

それ以上問わないのは、ラクシュの話から、すでにタハミーネが故人であることも、そしてその理由も、おおよそ察しがついているからだろう。

俺にしても、それほど話したいことでもない。

「話は聞いていたと思うが、しばらくあいつに稽古をつけてやることにした。俺も気を付けるが、お前もあいつと二人っきりにならないよう気を付けてくれ」

「魔族を、とても恨んでるみたいだし、ね」

ますます沈んだ顔をするシャラに、俺も胸が絞めつけられる。

そんな顔をさせたくはなかったのだが、さすがに言っておかないと、下手すれば命にかかわる。

「本当にすまんな。お前には迷惑をかける」

言って、俺は頭を下げる。

シャラが魔族を嫌悪する連中にリンチにあって、まだ一週間も経っていない。そんな状況で、魔族に強い憎しみを持つラクシュがそばに住んでいるというのは、気が気でないはずだ。

彼女のことだけを思うなら、ラクシュは見捨てるべきだったのだろうが、どうしてもそこまで俺には割り切ることはできなかった。

「いえ、迷惑なんてそんな……。むしろいつも迷惑をかけているのはあたしのほうだし」

恐縮したように、シャラがぶんぶんと首を左右に振る。

力強い否定ではあるが、鵜呑みにはできない。

シャラの置かれた状況的には、そうとしか言えないだろう。

「不安だとは思うが、俺が絶対守るから」

決意を込めた真剣な目で、俺はシャラをじっと見つめて言い切る。

シャラは俺の語気の強さに少しだけ驚いたように目を丸くしたが、

「……うんっ！」

と、嬉しそうに弾んだ笑みを見せてくれた。

＊　　＊　　＊

翌朝から早速、俺はタハミーネに稽古をつけていた。

「くっ！」

「遅い！」

「っ！　ま、まいりました」

ピタッと首筋に木剣を突きつけられ、ラクシュは悔しそうにうなだれる。

一〇本程やって一本も取れなかったのだから、自分の力のなさを改めて痛感しているのだろう。

「思った以上に弱いな。これでは姉の足下にも及ばんぞ？」

あえてきつい言葉を選んで俺は言う。

実際のところは、タハミーネから五本に一本は取れる程度の腕ではある。

が、こう言っておいたほうが、身の程をわきまえて、魔造王のところへ特攻しようという気も失せるだろうと思ってだった。

「も、もう一本！」

「いや、剣の腕はもうだいたいわかった。聖痕の力に頼りすぎだ。基礎的な身体能力から鍛え直せ。特に足腰だな」

「うっ！」

ラクシュが棒でも呑み込んだような顔になる。どうやら俺以外にも、おそらくは亡き父や兄たちあたりから同じような注意をされていたといったところか。

よくある聖痕持ちの弊害ってやつだ。なまじ鍛えなくても、常人をはるかに超える力を発揮できてしまうがゆえに、得てして地味で退屈な基礎訓練を疎かにしがちになるのだ。

だが、高位の魔物や魔族と戦う場合、その怠慢は間違いなく大きく響いてくる。

「とりあえずここから湖まで、聖痕の力を使わずに走って一〇往復してこい」

「一〇⁉」

思わずラクシュが悲鳴じみた声を上げた。

まあ、ラクシュの身体能力だと、ざっと一時間はかかるだろうな。ただでさえ基礎修行不足でスタミナがないところに、一〇本試合《や》って体力を消耗してもいる。

そりゃ悲鳴の一つもあげたくもなるだろう。

「ん？　何か文句あるのか？」

わかったうえで、俺はすっとぼけて冷たく問う。

「いえ、わかりました。行ってきます！」

覚悟を決めたのか、キッと俺を一睨みした後、ラクシュは湖のほうへと駆けていく。

それを見送って、俺は玄関前の階段に腰かける。

適度な運動の後に、こうして森の涼しく爽やかな空気に身を任せるのもなかなか乙なものだった。

「お疲れ様」

シャラが声かけとともに、水を運んでくる。

「おうサンキュ」

受け取り、一息に飲み干す。よく冷えていて、実にうまい。

「湖まで一〇往復とか、初日から随分とハードだね」

シャラは俺の隣に腰かけ、湖の方角を見つめながら、なんとも気の毒そうな顔で言う。

シャラも昨日、そこまで歩いたからな。どれだけ距離があるのかわかるのだろう。子供の彼女には、なおさら気の遠くなるような距離に思えるのかもしれない。

「とっとと強くなって、とっとと出て行ってほしいからな」

心底気だるげに、俺は嘆息とともに肩を落とす。

今の俺の願いは、この森でシャラと二人、のんびり穏やかに暮らすことである。

掛け値なしの本音だったのだが、

「そんなこと言って。ラクシュさんのこと心配なんでしょう？」

シャラがクスクスと笑みをこぼして、見透かしたようなことを言う。

やはりこいつの前だと妙に調子が狂う。

「……あいつのただ一人残ってる家族だ。死なせるわけにはいかねえだろ」

確かに、シャラの言うように、初日からハードだとは思う。

とは言え、これから冒険者として生き抜いていくには必要なことだ。一〇本ほど試合《や》ってみてわかったことだが、ラクシュには基礎体力の他にもう一つ、致命的な弱点がある。

それを克服させないと、正直、すぐにぽっくり逝きそうで気が気でない。

「そっか」

少しだけ寂し気に、シャラが表情を陰らせる。

ん？　と俺が思ったのもつかの間、すぐにシャラはにぱっと微笑んで、

「じゃあ、あたし、お昼ご飯の用意するね。ラクシュさん、きっとお腹空くだろうし」

「あ、ああ。そうだな」

俺も同意を返す。気のせい、だったのか？

「ロスタム、ラクシュさんって何が好きかな？」

「いや、わからない。前に会った時はてんでガキだったし、好みも変わっているだろうし」

「うーん、どうしようっかな～」

腕を組み、シャラは悩ましげに首を捻る。すっかりいつもの彼女である。

気にはなったのだが、わざわざほじくり返すのも躊躇《ためら》われ、俺は訊きそびれてしまった。


「ぜー……ぜー……ぜー……ぜー……」

「三時間か。思った以上にかかったな」

両膝に手を当て身体を支えつつ、大きく息をつくラクシュに、俺は淡々と告げる。

すでに太陽はやや東に傾き出している。

「も、申し訳ありません。ただ、どうも森の中は木の根や石などがあり、いつもと勝手が違って走りにくく……」

「まあ、公爵邸の周辺は綺麗に整備されて均《なら》されてるしな」

「はい、それでどうにも調子が狂ってしまい……普段ならこれぐらいの距離、もう少し早く……」

「ばーか。むしろこっちが本来の実力だよ」

言いつつ、俺はラクシュの額にビシッと一発デコピンを見舞う。

「あいたっ！」

額を押さえのけぞるラクシュに、俺は人差し指をピンと立て、

「いつも平地で戦うとは限らんだろ」

「うっ」

「さらに言えば、平坦な道のランニングは、同じ筋肉ばかり使うからな。動きが硬くなりがちだ。また疲労もしやすい」

「ふむふむ」

「こういう足場が不安定だったり障害物のあるところで走ると、均された土地では普段使わない筋肉も鍛えられる。それにより動きにしなやかさが生まれ、身体のバランス感覚なども磨かれる」

戦闘では、想定外のことなど日常茶飯事で起こるから、な。

咄嗟の対応力は、生死に直結する。硬直した動きしかできないようでは、長生きはできない。

これが俺がさきほど試合の中で見つけた、ラクシュの致命的弱点だった。

「とりあえず、毎朝一〇往復だな」

「はいっ！」

ラクシュはきびきびと威勢のいい返事をする。

とりあえず、一カ月ほどもすれば、かなり改善されるだろう。まあ、逆説的に言えば、この程度の鍛え込み具合を見ると、これまで相当、センス頼みだった部分が大きいともいえる。

思ったより伸びしろは大きそうだった。


「九九～……一〇〇！」

鬱憤の全てを解放するかのように叫び、ラクシュは両腕で身体を持ち上げ、そして地面に勢いよく突っ伏す。

昼食後も、俺とラクシュはひたすら基礎訓練を続けていた。

今は腕立て伏せが終わったところである。

「つ、次は何をすればよろしいですか!?」

ふらふらと立ち上がりつつ、やけくそな感じでラクシュが質問してくる。

その顔はもう汗だくで、肩で大きく息もしていた。それでも、目だけはやる気に満ち溢れている。

「そうだな。とりあえず少し休憩だ」

「ま、まだ私はやれます」

「身体を休めるのも訓練のうちだ」

「……はい」

頷きつつも、ラクシュはどこか納得できなさげである。

一分一秒でも早く、強くなりたいといったところか。気持ちはわかるが、そういう焦りは身体を故障させやすい。

こっちで気を付けてやるしかないな。

「ど、どうぞ」

気を見計らったように、シャラが緊張した面持ちで濡れたタオルと水が注がれたコップをラクシュに差し出す。

彼女なりの仲良くなりたいアピールだろう。

「…………」

が、無言のまま、ふいっとラクシュにそっぽを向かれる。

昼食時も、シャラのほうから何度となく声をかけていたが、ずっとこんな調子である。

どうやらシャラを徹底的に無視をする方針らしい。シャラの作った料理にも、一切手を付けなかったしな。

これはこれでラクシュなりに必死に抑えているのもわかるから、あまり注意もしづらい。

おそらく、今はふとした拍子に悪意が暴発しかねない状態だろうし。

一応、シャラは半魔族で人間に危害を加えるつもりはないと改めて説明をしはしたが、言葉だけだとやっぱりどうしても、なぁ。

シャラのほうも、自分に敵意を持っているのがわかるから、どっかびくびくした感じだし。

なんというか、悪循環である。

この二人が溝を埋めるのは、まだ相当の時間が必要そうだった。


「さて、んじゃ次は素振りでもしてもらおうか。とりあえず千回」

「はいっ！」

一〇〇〇という数にも、わずかの怯みも見せず、ラクシュは威勢よく返事する。

多少休憩はしたが、まだ疲労で相当に身体も重いはずなのにな。

「一！」

「待て。やり直し。脇をもっと締めろ」

「はいっ！　一！」

「待て。やり直し。手首と肘だけじゃない、肩も意識しろ」

「はいっ！　こうでしょうか!?」

「違う」

「ではこう!?」

「違う。こうするんだ」

じれったくなり、俺はラクシュの背後に回って、その手首を掴む。

「力を抜け」

「は、はい」

脱力したラクシュの腕を持ち上げ、ゆっくりと「正しい型」の通りに身体を動かしていく。

「わかったか？」

「た、多分」

「よし、じゃあもう一回」

「はいっ！　一！」

「よし、そのまま一〇〇〇回だ」

「はいっ！　二っ！」

「肩を意識するあまり、振り下ろした後の握りの絞りが甘くなっている。やり直し！」

「〜〜っ！　はいっ！　二！」

ダメ出しの連続に、ラクシュは悔しそうに表情をゆがめる。

こうまで次々と指摘されると、自分の未熟さを思い知らされて、目標までの遠さを実感させられてつらいのだろう。

だが、あえてしごきは緩めない。心折れるなら、それはそれでいいと思うし、な。

「あ、あたしも剣の修行しようかな」

再びシャラの隣に腰かけると、そんなことを言ってきた。

「そうだな。距離を縮めるには同じことをするのが一番だ」

俺はふむと大きく頷く。

さっさとラクシュも意地を張るのをやめて、歩み寄ってほしいものである。

「それにお前の身の上的にも、護身術の一つぐらいは覚えておいて損はない」

「だ、だよね！　じゃあ、早速見てくれる？」

シャラがぱぁぁぁぁぁっと花が咲いたように満面の笑みを浮かべる。

そんなにラクシュと仲良くなりたかったのだろうか。

「気が早いな。まずはお前の体格に合う木刀を用意しないと」

うちにあるのは、基本大人用のだからな。さすがにシャラには大きすぎる。

「とりあえずこれでいいか」

手元にあった、先ほどラクシュと試合った時に使っていた木刀を、愛剣でちょうどいい長さに切り落とす。

「ほれ」

「あ、ありがと！」

「まず剣はこう握ってだな」

「わ、わわっ！」

教えるため後ろに回って指に手を添えると、シャラが慌てたような声を出し顔を真っ赤にする。

「ん？　なんだ？」

「う、ううん、なんでもない。ちょっと驚いただけ」

「そうか。で、腕はこう、肩の力は抜け。んで、尻は……」

「ひゃあああっ！」

「今度はなんだ？」

「ロスタムのエッチ！　いきなりお尻触るなんて」

「ガキがいっちょ前に色気づくな。お前みたいなお子様なんかなんとも思わねえよ」

「むううううっ！」

不服そうにシャラがほっぺたを膨らませる。

思わず反論したが、年頃の娘相手にはさすがに問題だったかもしれない。

ただ、尻の筋肉の付き具合から、けっこうわかることあるんだよなぁ。

「まあ、いい。ほれ、振ってみろ」

「う、うん！」

まだ不満げな顔ではあったが、シャラは頷き、木刀を振り上げ、振り下ろす。

うん、なんというか、実に、絵に描いたようなへっぴり腰だった。

バレないために、ほとんど外に出ず家の中で過ごしていたらしいし、あまり運動が得意ではないのかもしれない。

「まず、左手は常に正中線、身体の真ん中の線を通るようイメージしろ。振り上げるときには腕だけじゃなく、背中の筋肉も意識するんだ」

「う、うん」

「そして振り下ろす時は胸の筋肉を意識し、肩の力は抜け」

「こう？」

へろへろ。先程よりは多少は鋭かったが、それでもあまりいい音はしなかった。どうやら先は長そうである。

さて、そういえばラクシュのほうは、と。

「九九！　一〇〇！　一〇一！」

彼女は一心不乱に木刀を振っていた。

見ていなくてもサボらず手を抜かずやっていたのは感心だが、

「振りが雑になってきてるぞ！　数や速さより、まずはゆっくりでもいいから正しい型を意識しろ」

「はい！　一〇二！　……一〇三！　……一〇四！」

「うん、よし」

俺が納得したように頷くと、ラクシュはちらりとシャラのほうに視線を向ける。

ふむ、嫌いつつも、同じことをしていると意識はしてしまうか。いい傾向かもしれない。

「むぐぐっ！　ロスタム！　ここ、どうしたらいいの!?」

妙にムキになった声で、シャラが訊いてくる。

ふむ、料理の腕などを考えると、シャラにはわりと凝り性なところがあるのかもしれない。

「ロスタム兄様！　重心についてもう少し詳しく！」

「ロスタム！　これどう!?」

その後も俺は、二人の指導を続ける。

あっちへ行ったりこっちへ行ったりでなかなか大変ではある。

二人とも熱心なのはいいんだが……。

なんか二人の間に妙な火花が散っているように思えるのは、俺の気のせいか？

＊　　＊　　＊

「おいおい、マジかよ」

剣術の訓練後、魔法の訓練に移行したのだが、俺は思わず目を丸くし、感嘆の声を上げざるを得なかった。

シャラの両掌の間に、魔力の球体が渦巻いている。

体内を巡っている魔力の流れを操り、掌に集中し、玉の形にする。

世間一般で行われるごくごく普通な魔力のコントロール訓練であるが、初日で出来た奴は、少なくとも俺が知る限り初めてだった。

「あは。ねえ、ロスタム。あたし、才能あるのかな？」

「ああ、めちゃくちゃあると思うぞ」

シャラは無邪気に喜んでいるが、俺は内心、結構複雑である。

一週間以内に、自らの中にある魔力を知覚できれば上等、相当の才能の持ち主だと言われている。

俺も知覚するのに三日かかった。玉を作れるようになるまでには二週間を要した。

それがまさか、わずか一時間足らずで、だからな。

さすがに少々、プライドが傷ついた。

「ふん、やはり魔族だな」

少し離れたところで、同じ修行をしていたラクシュが、忌々しげにシャラを睨みつけ毒づく。

無視をやめてようやくかけた言葉がそれか。正直、頭が痛くなってくる。

「ロスタム兄様、やはりその娘は危険です。このまま成長すれば、あるいは兄様にも手に負えなくなるやもしれません」

そんな俺の苦労も知らず、ラクシュは厳しい顔で諫言《かんげん》してくる。

本人としては正しいことを言ってるつもりで、俺を想っての言葉だとも思うのだが、はっきり言って大きなお世話だった。

「あ、あたしがロスタムにひどいことするわけないでしょ！　ロスタムには返し切れないぐらいの恩があるんだから！」

シャラがむ〜っと不機嫌を露わにして言い返すが、

「ふん、どこまで本音か怪しいところだな。仮にそれが本心だとしても、いつ魔族の血に潜む凶悪さが目覚めて暴走するか知れたものじゃない」

魔族憎しで凝り固まっているラクシュには、やはり届きそうになかった。

うーむ、一緒に修行していれば、そのうち誤解も解けて打ち解けるかと思ったんだが、少々浅はかだったらしい。

むしろなんというか、悪化の一途をたどっている気さえする。

「どうしたものかな」

今さらラクシュに出ていってくれ、と言うわけにもいかないのが難しいところだった。

そうなれば、魔造王のところに特攻するのは目に見えている。

さすがにそれは看過できない。とは言え、このギスギスした日々を続けるのも、御免こうむりたいところである。

正直俺は、初日から途方に暮れかけ始めていた。

＊　＊　＊

「済まなかったな」

修行を終え、家でシャラと二人になるや、俺は謝罪の言葉を口にする。

確かに俺も今日一日、居心地悪くはあったが、敵意を向けられ続けたシャラは俺以上にきつかったはずだ。

しかも、大人なら多少は割り切れもしようが、シャラはまだ年端もいかない子供なのだ。

「……うん」

俺にけっこう気を遣いがちのシャラが、否定をしなかったあたり、彼女の心労がうかがえた。

ちくちくと罪悪感が俺の心を刺す。

「修行中は少し離れていたほうがいいかもな」

「そう、だね。たった一日だけど、ラクシュさんの憎悪の深さを強く感じたよ」

「……ああ」

ラクシュと仲良くしようとしたシャラの気持ちは尊重したいが、この調子ではシャラがただ傷つくだけだろう。

シャラ自身、母親の死や、人間たちによる疎外とリンチにより、心に深い傷を負っている。無理はさせたくなかった。

「あのあたしをいたぶった街の人たちからも、それを感じたよ。あたしが人と仲良くなるのは、やっぱり無理なのかな？」

悲しげな瞳で、シャラは自嘲するように笑う。

人と魔族の争いの歴史は、果てしなく長い。その間に、あまりにも多くの血が流れすぎた。

憎悪の連鎖はもはや、心の奥底にまで染みついている。

「……一日で結論を出すのは、さすがに早いと思うぞ」

少し間があったのは、俺自身、仲良くなどなれないと半ば確信しているからだ。

魔王を倒したにもかかわらず、魔族の呪い一つで、俺は白眼視され続けた。

実際に魔族の血を引き、その外見も引き継いでいるシャラが、人と友好を結べるとは、どうしても思えない。

だが、そんな俺の「憎悪」を、シャラに受け継がせたくはなかった。

「うん、ロスタムのように、あたしを受け入れてくれる人はいるかもしれないね。でも、違うの」

「違う？」

「あたしの中にもどんどん嫌な感情が膨らんでくの。ラクシュさんが怖い！　ロスタムの大切な人の妹で、仲良くしなくちゃいけないのに、どっか行ってほしいって想いがどうしても止まらないの」

ぽろぽろとシャラの双眸《そうぼう》から涙が零れ落ちる。

敵意を向けてくる人間が、怖くて仕方ないのだろう。

無理もない。街の人たちからリンチに遭ったのは、ほんの数日前のことだ。

「こんな汚い感情で心がいっぱいになるあたしは、やっぱり魔族なのかな？　悪い子なのかな？　そのうちロスタムにもひどいことしちゃうのかな？　いやだよ！　そんなこと絶対にしたくない！」

シャラは思考を振り払うようにぶんぶんと頭を振って、荒げた声を出す。

自らのどす黒い感情に、戸惑っているようだった。

シャラは家事万能で、分別もある、とてもよくできた娘だ。だが、やはり、まだ子供なのだ。

「大丈夫だ」

俺はギュッとシャラを抱き締める。

「敵意を向けられれば、反感を覚えるのは、人ならば当たり前の感情だ」

「ほ、ほんとに？」

「ああ。勇者だなんだと言われている俺だって、俺を忌み嫌う街の連中には、敵意どころか殺意さえ覚えていた。それに比べれば、お前は全然悪い子なんかじゃない」

「あたし、おかしくならない？　このまま魔族みたいになって、ロスタムを傷つけるようになったりしない？」

「ならないさ。たとえなっても、そん時はちゃんとひっ捕まえて、いい子になるまでみっちり叱ってやるさ」

「あはは。叱られるのはやだなぁ。ロスタム、怒ったらすごく怖そうだし」

ようやくシャラの口から笑みがこぼれる。

多少、落ち着いたらしい。明日からはシャラに言った通り、ラクシュと距離を取らせるとしても、そんなことは根本的な解決とは言えない。

「早いうちになんとかしないと、な」

＊　　＊　　＊

「ちっ、ロスタムめ、半魔の少女の引き渡しを拒んだか」

玉座に腰かけた青年が、舌打ちとともに吐き捨てる。

彼の名はハザール＝アフサーナ。

このアフサーナ王国に君臨する国王そのひとである。

「はっ、半魔を放置すれば、後々重大な脅威となるのは明白！　このところの奴の所業は、目に余るものがありまするな」

御前にひざまずいた大臣が、追従するように言う。

「まったくだ」

ハザール王は同意しつつも、つまらなさげに鼻を鳴らす。

そう、彼は王である。王の命には、この国に住む民は皆従わねばならぬ義務がある。

にもかかわらず、このところロスタムは彼の王都への招集をことごとく無視し、あの森に隠遁し続けている。

「余が年若だからと侮りおって」

ぎりっとハザール王は奥歯を噛み締める。彼が即位して三年、ロスタムはただの一度も彼の命に従っていない。

自分のことを王だと認めていないと、暗に言っているようにしか思えなかった。

「はい、勇者だの聖騎士だのと持ち上げられ、図に乗っているのでしょう。元平民の分際で不遜というしかありません」

「うむ。実に腹立たしい限りである。余に逆らったらどうなるか、目にものを見せてやりたいところだが、さすがに魔王級の討伐となれば、我が軍の損害は計り知れん」

なんとも忌々しげに、ハザール王は顔をゆがめる。

サマンガーンが壊滅した今、さすがにこれ以上の国力の低下は、隣国に付け入らせる絶好の隙を作ることになる。こっちがそう考えることも見越してのことであろう。

その目論見通りに黙認せざるを得ないのがなんとも気に入らなかった。

「なんとか一泡吹かせてやりたいものよ。だいたいこのまま好き勝手を許し続けるのは、王の沽券にかかわる」

ロスタムは、このアフサーナ王国のれっきとした聖騎士である。ハザール王の家臣なのだ。家臣になめられ、言うことを聞かせられない王など、権威も何もあったものではなかった。

「む、そういえば……確か報告ではロスタムはその半魔の女にいたくご執心ということだったな？」

「はい。現場に向かった兵士隊長の話によれば、かなり親しげであり、また何をおいても守ろうとしていた、と」

「ふむ、使えるかもしれんな」

「使える、ですか？」

「ああ」

小さく頷くとともに、ニィッとハザール王は唇の端を邪悪に吊り上げ、

「あのクソ生意気な鱗野郎に言うことを聞かせる首輪に、だ」

第五話

呪われし勇者は、再び魔王と相見える

第五話

「まだこの家にいたのか。ずぶとい神経をしているな」

現れるなり挑発的に吐き捨てたのは、先日、シャラを捉えに来た兵士隊長だった。

部下は五人だけ。森内に張った結界にも反応がないところからすると、伏兵もなさそうだ。

人数的に見て、俺を捕えに来たわけではなさそうである。

「割と気に入っていてね。で、市民を守るためにお忙しいであろう兵士隊長様が、わざわざこんなところまで何の用だ？」

稽古をつけていたラクシュを手で制し、俺は隊長に向き直りつつ軽口を交えつつ問いかける。

交戦する気はなさそうだが、あからさまに敵意をぶつけてきてるのだ。

お行儀よく接してやる義理はない。

「王命を伝えに来た」

「ほう、意外だな。とっくに罷免されてるものと思っていたぜ」

「ふん、寛大な王に感謝するんだな。命に従えば、今回の一件は見逃して下さるそうだ」

「はっ、どうせろくでもない命令だろう？」

確信とともに、俺は鼻で笑ってやる。とんでもない面倒事な気配しかしない。

「くくっ、まあ、そうだな。お前も先日、サマンガーンが魔造王の手により壊滅したことは知っているだろう？」

「まあ一応、な」

ちらりとラクシュに目を向けつつ、俺は頷く。もはや考えるまでもないな。

「なるほどね。その魔造王を倒してこいってことか？」

「そういうことだ」

「おととい来やがれ」

わずかも逡巡《しゅんじゅん》することなく、俺は拒否の言葉を口にする。

反逆者扱いでも、別段困ることもないというのに、何が悲しくて、魔王クラスと戦いに出向かねばならんというのか。

魔物に怯える力なき民のために、とか考えられるほど、純粋でもない。

「まあ、貴様が断るであろうことは陛下も承知の上だ。ゆえに、貴様が魔王討伐に赴くならば、半魔の娘に騎士爵位を授けるとの仰せだ」

「へえ、そりゃまた随分と奮発したものだ」

この提案には、俺も思わず目を瞬かせた。最下級の爵位ではあるが、まさか半魔族の娘にれっきとした貴族の称号を与えるとは、かなり意外だった。

それだけサマンガーンを滅ぼした魔造王の脅威を重く見ているということか。

「少し考えさせてくれ」

今回の条件は、一考の余地ありといえた。

騎士爵位を得れば、当然、国から俸給が出るだろう。魔竜王の呪いは、少しずつではあるが進行し続けている。シャラが成人するまで生きていられるのか、正直、微妙なところだ。

成人しても、半魔であるシャラが生活の糧を得るのは厳しいだろう。俺がいなくなった後も、誰にも狙われず、かつ働かずに食べていける身分をシャラに与えられるというのは、願ってもない。

それに、魔造王を倒せば、ラクシュをここに留めておかねばならない理由がなくなる。リスクが高くはあるが、成功すれば俺とシャラは誰はばかることなく平穏な暮らしを手に入れられるわけだ。

「なかなかありがたい申し出だが、もう一つ、条件を追加したい」

内心ではもう前向きだったが、俺はピンッと人差し指を立てる。

魔王の相手はさすがに俺でもかなりきつい。引き出せるものはなるべく引き出しておきたかった。

「これほどの温情をかけられながらまだ欲しいというのか。なんだ？」

「そこにいる女は、サマンガーンの生き残りなんだが」

「な、なんだとっ!?」

兵士隊長は今さらながらに驚きの声を上げる。

やはり気づいてなかったか。地方の警備隊長程度では、公爵家令嬢の顔など知るはずもないはな。

「こいつの甥、故サマンガーン公爵の孫も、ここにはいないが生きているらしい」

「それは聞き及んでいる。王城で保護されておられるはずだ」

ふむ、デリケートな問題ゆえ詳しくは聞いてなかったが、そばにいないと思ったら王城に預けていたのか。

考えてみれば、当然ではある。貴族として王に報告はしないといけないだろうし、唯一生き残っているサマンガーンの直系男子だ。王城でかくまうのが一番安全である。

「そいつが成人するまで、このラクシュを当主代行と認めること。また、魔王討伐の暁には、国からサマンガーン領の復興援助をすること、だ」

「ロ、ロスタム兄様!?」

隣では、ラクシュが驚いたような声をあげ、感動したように目を潤ませている。

別にお前の為だけというわけでもないんだが、な。

こうすれば、厄介払いできる上に、大きな恩も売れる。シャラへの敵意はまだ色濃いが、彼女も誇り高い貴族だ。恩人の義娘をむげにはできまい。

騎士爵位だけではいつ剥奪されるかわからない。だが、サマンガーン公爵家の後ろ盾があれば、俺にもしものことがあっても安心である。

「ふん、魔王殺しの勇者様は、つくづく女に甘いらしいな」

兵士隊長はジロリとラクシュのほうに視線を向けた後、俺を嘲《あざけ》るように吐き捨てる。

こっちも何か妙な勘違いをされてる気がするな。

「さすがに俺だけでは判断できん。とりあえず陛下にお伺いを立ててくる。他に何か要求はあるか？」

「いや、特には。とにかく俺たちはこの森で平穏に暮らしたいんだ。それを脅かしさえしなければそれでいい」

「そうか。では三日後にまた来る」

そう言って、兵士隊長は踵を返し去っていく。

おそらくだが、王は俺の出した条件を呑むだろう。

魔造王を倒せるのならば、公爵領の復興支援ぐらい安いもんだろうしな。

「やれやれ。ほんと面倒なことになったな」

自ら決断したこととはいえ、なかなかに気が重かった。

「魔造王を倒しに行く!?」

警備隊長の話をすると、シャラが驚きの声とともにバンッとテーブルを叩き、皿がカチャカチャと鳴り響く。

さすがに、驚きもするか。街を襲うモンスターを退治するのとは、わけが違う。

「ど、どうしてそんなことに!?」

「ん、まあ、なんつーか、成り行きだな」

ポリポリと頭を掻きつつ、俺は答える。

あまり決断した理由を教えたくはなかった。こいつのことだから、変に気に病みそうだし、な。

「でも、勝てるかどうかわからないって。だから、ラクシュさんのお願いを断ったはずじゃ……」

「ただ働きは御免だったからな。だが、今回は王国がスポンサーだ。かなりの報酬が期待できる」

俺は適当な理由をでっちあげて語る。まんざら嘘というわけでもないが。

「確かにお金は必要だと思うけど、大丈夫なの？　あんまり危ないことは、してほしくないよ」

「まったく危険を冒さずに生きてはいけないさ。俺はこういう身体だからな」

トントンと、俺は首筋の鱗を叩く。

こんな醜悪でおどろおどろしい呪いがある身では、どうしたってまっとうな職にはありつけない。

俺にできるのは、魔物退治なんていう危険な汚れ仕事だけ、だ。

「それは……そうなのかもしれないけど……」

シャラ自身、容姿で人々から嫌悪の目を向けられてきているので、俺の弁が正しいことは理解したようだった。もっともあまり納得もしていない様子だったが。

「あたしは、やっぱりお留守番？」

心細そうに、寂しそうに、シャラが俺を見上げてくる。

どうにも罪悪感はこみ上げてくるが、ここはグッと我慢である。

「ああ、さすがに危険だしな」

「だよね……」

「まあ、テレポートも使えるからそう時間はかからん。どれだけ遅くとも一週間はかからんはずだ」

それぐらいの時間なら、シャラは家事全般が得意だし、食糧を買いだめしておけば大丈夫だろう。

「一週間は、長いよ……」

「すまんな。これが済めば、ずっと一緒にいてやるから」

胡麻化すように、俺はがしがしっとシャラの頭を撫でる。

仕方のないことなのだ。確かに、俺の力なら王国の追手相手に逃げ切ることも不可能ではない。

だが、命を狙われ、ずっと追われ続ける日々は、まだ幼いシャラには酷だ。

なんとかしなければ、な。

本人の前では言えないが、俺はもう、彼女の親代わりのつもりなのだから。

＊　＊　＊

「あらあら、よりにもよってあのイスファンデヤールの討伐なんて、相変わらず貧乏くじを引かされますわね、ロスタム様」

どうにも気が昂って寝付けず、深夜、居間で独りちびちびと酒を呑んでいると、ふっと突然、目の前に艶めかしい肢体を惜しげもなく晒した美女が現れる。

見覚えのある顔であり、身体だった。

「ミスラか。盗み聞きとは、あまりいい趣味とは言えんな」

軽口で応酬しつつ、俺はそっと腰の剣の柄に手を添える。

一応、魔王討伐の話をしていた時、俺は周囲の気配に細心の注意を払っていたのだ。にもかかわらず、あっさりと盗み聞かれていた。見た目こそ華奢ではあるが、さすがは七大魔王の一角に連なるだけのことはあった。

まったく油断がならない。

「ふふふっ、怖い顔。ご安心ください。今夜もお話に来ただけ。争うつもりはございませんわ」

ミスラは艶然と笑いつつ、降参とばかりに両手を上げて戦意がないことをアピールする。

彼女自身、身体を弛緩させてリラックスしている。俺を前にしてそこまで自然体でいられるのは少々癪に障るが、さすがにそのあたりは魔王といったところか。

「そいつは有難いね。さすがに俺も、何の見返りもなしに魔王とはやりたくはない」

俺もそっと剣から手を離しつつ、肩の力を抜く。

もちろん、最低限の警戒はしておくが。

「ふふふっ、でもあの子のためなら、その魔王にも見返りなしで挑むんですのね？」

「返してもらったさ、すでに十分に、な」

他人に絶望し、心が凍りかけていた俺に、人の暖かみを思い出させてくれた。

それは他人にはわからないかもしれないが、俺の心は本当に救われたのだ。

彼女に会わなければ、早晩、俺はミスラの誘いに乗って魔王になっていたかもしれない。

「だから、これでお前とはお別れだな」

魔王を討伐しようというのだ。これは言うまでもなく、彼女との交渉決裂を意味していた。

俺は魔族ではなく、人側に付く、と。

「あら？　わたくしとしましては、まだもうしばらく逢瀬を楽しみたいと思っていますのに」

「勘弁願いたいね。他人に見られでもしたら、また妙な誤解を受けそうだ」

「ほんとつれないお方」

口元に手を当てて、ミスラは楽し気にクスクスと笑う。

提案を断ったというのに、さほど気にした風もない。つくづく読めない女だった。

「でも、諦めませんわ。まだ勝負はこれからです」

「もうついてるだろ」

「ふふふっ、わたくしの勘では、もう一波乱あるとみておりますわ」

そう言って自信ありげにミスラが笑う。何かを確信しているようだった。

「あっ、そうです。どうせなら、一つ賭けをいたしませんか？」

ミスラがいいことを思いついたとばかりにパンッと手を打ち合わせる。

「悪魔と賭けなんて、破滅の道しか見えないんだが？」

「そう言わずに。ロスタム様にもメリットはございますのよ？」

ピンと人差し指を立てて、ミスラは『賭けの内容』を語り始める。

それははっきり言って、人の良心というものを嘲笑うようなものだった。だが一方で、彼女の言う「メリット」は、今の俺にとって非常にありがたいものであることも確かだった。

内容的には、勝っても負けても、俺にとって不利益はないような賭けだ。

「お前が裏切らない保証は？」

「そんな無粋なことは致しませんわ。確かに、わたくしが力を使えばなんでも思い通りになりますけど、そんなの楽しくありませんし」

そういって、ミスラはまたクスクスと笑う。

『楽しくありませんし』

この言葉への熱のこもり方で、少し彼女のことが分かった気がした。

どうもこれが彼女にとって、最もプライオリティが高いのだろう。少なくともミスラは一〇〇〇年以上は生きてる魔王だしな。案外、長すぎる人生に飽いて、退屈しているのかもしれない。

「それに、貴方を敵に回しても、いいことありませんわ。この美貌や玉のお肌に傷がついちゃ悔やんでも悔やみきれませんせん」

「そうかい」

頷きつつ、俺は思わず口の端を吊り上げる。

なんともしょうもない理由だが、俺とやりあいたくはないという本音は伝わってくる。

その一点に関しては、信用できそうだった。

「しゃあない、か」

ふうっと俺は大きく嘆息する。

様々な状況を鑑みると、今の俺には彼女の提案に乗らざるを得ない。どうせこいつのことだから、それを緻密に計算したうえでのことだろう。

まあ、いい。虎穴に入らずんば虎子を得ず、だ。

「わかった。賭けに乗ってやる。だが、約束は守れよ？」

＊　　＊　　＊

「陛下はお前の条件を受け入れるそうだ。これで今さら断るとは言うまいな？」

あれよあれよという間に三日が経ち、兵士隊長は現れるなり高圧的にそう切り出した。

よほど俺のことが嫌いらしい。いや、その視線の先にシャラがいるところを見ると、案外、魔族に対してなにかしらあるのかもしれない。それをかくまう俺も悪ってところか。

「わかってるよ。ところで、後ろの連中はなんだ？」

兵士隊長の後ろにいるのは、いつもの一般兵士然とした者たちではなく、はるかに物々しい空気をまとった連中だった。

「王国のほうで募集した冒険者たちだ。さすがに魔造王討伐には皆、腰が引け、この程度しか集まらなかったらしい。だが、その分、腕は確かだ」

「へえ？」

俺はまじまじと男たちを確認する。人数は五名。ざっと見たところ、全員がラクシュと同格かそれ以上ってところか。

確かに、世間的に見れば皆、最高クラスの冒険者とは言える。

「あ、あの肩の紋章はまさか……ドラゴンバスターズ!?」

俺の隣でラクシュが驚いた声を上げる。

確かによく見ると、彼らの鎧の肩口には、竜を模したような紋章が刻まれている。

「ラクシュ、知ってんのか？」

「って、まさか知らないのですか、兄様!?　有名人ですよ!?」

「ここ数年はずっと、この森に引きこもっていたからな」

一応、食料の買い付け目的で街に行ったりはしているが、色々、胸糞悪いんで目的を果たしたらすぐ立ち去っていた。おかげでここ最近の情勢にはとんと詳しくないのだ。

サマンガーン壊滅の報もラクシュに教えられるまで知らなかったしな。

「様々なドラゴンを次々と狩っている、当代最強と謡われる冒険者パーティです。彼らなら確かに、魔王を相手取るに不足はないかと」

「ほう」

確かに俺の目から見ても彼らは強い。評判通りの実力はまずあるだろう。

が、あくまで世間一般の枠で見た時だ。魔王相手だと正直、力不足と言う気がするんだがな？

「それは心強いな」

なんて本音を言っても、衝突するのは目に見えていたので適当にお茶を濁す。

露払いぐらいにはなるだろう。俺が魔王とやりあっている間、魔王の側近どもを抑えてくれる存在はいたほうがいい。

「英雄ロスタム殿と共闘できるとは心強い限りだ。ドラゴンバスターズのカイだ。よろしく」

リーダー格と思しき真ん中の男が進み出て、握手を申し出てくる。

にこやかに友好的な笑みを浮かべる彼ではあったが、

「この通り、俺の手は魔竜王の呪いに侵されている。それでも握りたいなら別にかまわんが」

バッと掌を突きつけると、たちまち表情が固まる。

話ぐらいは聞いていたとは思うが、それでも噂で耳にするのと間近で見るのとでは衝撃が違う。

その醜さにすっかり呑まれているようだった。

「……こちらから申し出ておいてすまないが、辞退させてくれ。魔王討伐を控えた今、万全を期したい」

「ああ、気にするな。わかっている」

この呪いが、お前ら人間に受け入れてもらえないということは、な。

これが普通の反応なのだ。だからこそシャラは俺にとって稀有な、なにより大切な存在なのだ。

「…………」

そんな彼女は今、離れがたいのか俺の服をギュッと握り締め、俺を無言で見上げている。

その瞳が、不安そうに揺れていた。もう止められない、引き留めて迷惑をかけたくないという気持ちから黙ってはいるが、やはり本音は行かせたくはないのだろう。

そこまで心配させているのは心苦しくはあったが、それほどまでに俺を求めてくれているということに、嬉しさも感じるから複雑である。

「大丈夫。俺は絶対に帰ってくるから」

シャラのほうを振り返り、しゃがんで目線を合わせその頭を撫でる。

瞬間、彼女の心の決壊が崩壊したようだった。ぶわっと瞳に涙が浮かび、ぽろぽろと零れ出す。

「ぜ、絶対だよ！　約束だよ!?」

「ああ、絶対だ」

笑みとともに、俺は強く頷く。ほんの一週間前までは、生への執着をさほど感じずどこかやけっぱちな気分であったが、今はこの子のために是が非でもまだ死ねないと思う。

この子のいる場所に、帰ってきたいと。こうして面と向かっていると、それを本当に強く感じた。

「よし、じゃあ、とっとと済ませるか」

言って、俺は右手に魔力を込め、目の前の地面へと放つ。

ぼうっと地面が光り出し、魔法陣を形成する。

「これは？　私も魔法にはそれなりに詳しいつもりだが、これは初めて見る紋様だ」

不思議そうに問うカイが問うてくる。

まあ、そうだろうな。これを使える人間は、今のところ世界に俺一人のはずだから。

「テレポートの魔法陣だ。魔造王の本拠のあるグシュタースプ地方につなげた」

「こ、これが噂の……っ！」

カイをはじめドラゴンバスターズの者たちが食い入るように魔法陣の紋様を見つめる。

ある意味これほど便利な魔法もないからな。あわよくば盗み取ろうというのだろう。もっとも無駄な努力ではあるが。確かに彼らは人間としては最高クラスの実力者と言えるが、人間程度の魔力では発動しない魔法なのだ。

魔王の呪いを受けた俺だからこそ、使えるのだ。

「おい、とっとと中に入ってくれ。魔法陣を維持するのも疲れるんだ」

「あ、ああ」

おっかなびっくりといった体で、ドラゴンバスターズの面々と、ラクシュが魔法陣の中に移動し、ぱっとその姿がかき消える。

俺はもう一度シャラのほうを振り返り、笑みとともに手を上げる。

「じゃあ、行ってくる」

「うん、行ってらっしゃい。とにかく無事に帰ってきてね」

「ああ」

力強く頷き、俺は魔法陣に足を踏み入れたのだった。

＊　　＊　　＊

「し、信じられん。確かに森の中にいたはずなのに!?」

「この城門、見たことがある。確かにここはイスファンデヤールの居城、『鬼岩城』だ」

「馬でも一〇日以上かかる距離をほんの一瞬で……」

ドラゴンバスターズの面々がきょろきょろと辺りを見回しつつ、驚きを露わにしている。

そういう魔法だと頭ではわかっていても、実際に体験するとやはり衝撃ではあるのだろう。

「おい、とっとと進むぞ。俺たちの臭いをかぎつけて、すぐに魔物が寄ってくる。魔王と戦うんだ。体力はできる限り温存しておきたいだろ」

「そ、そうだな」

リーダーのカイがはっとしたように頷き、他のメンバーもキュッと表情を引き締める。

初めてのテレポートに浮足立っていたのに、あっという間に立ち直るあたり、さすがに経験豊かな冒険者パーティといえる。

「ラクシュも準備はいいか？」

「は、はいっ！」

がちがちに強張《こわば》った顔で、引きつったような声でラクシュが答える。

親兄弟の仇ということで肩に力が入りすぎている。あとは単純に実戦経験の少なさもありそうだ。

やれやれ、これでは先が思いやられるな。

「さて、じゃあ行くぞ」

ギィッと城門を押し開く。

並みの人間ではビクともしないであろう重さだが、俺には大したものでもない。

「ほう」

城門の先には、庭園が広がっていた。いくつもの不格好で気味の悪い石像がいくつも林立しているのが目につく。なんだ？　なんか妙な気配が……？

「侵入者ハ排除スル」

カッ！　と石像の目が妖しく真っ赤に輝いたかと思うと、無機質な声を響かせ、ギギギッと身体が動かし始める。

なるほど、魔造王というぐらいだからな。自分の城の中は、自分の作ったゴーレムで警備してるってところか。

「くっ、アズ！　ヤト！」

「おう！」

「わかってる！」

カイの呼びかけに、男二人が阿吽の呼吸に反応し、残りの二人を守るように剣を構える。

後衛の二人も、すぐにでも魔法を放てるよう、精神を集中させているのがわかる。動きが実に滑らかであり、迷いがなく、馴染んでいる。これ一つとっても、彼らの熟練具合がうかがえた。

「っ！　おのれえええええっ！」

ラクシュが表情を悪鬼のごとく険しくし、奇声とともにゴーレム群へと突っ込んでいく。

「なっ⁉」

さすがにこれは予想外だった。魔王の城に備えられたゴーレムが、ただのゴーレムのはずもない。どんな能力があるかわかったものではないってのに、いきなり突っ込むやつがあるか。

「侵入者ハ排除スル」

先程と同じ台詞とともに、ゴーレムがその手に持った剣をラクシュへと振り下ろす。その一撃は巨体には見合わぬ鋭さだったが、そこはラクシュも一流の剣士である。

「せいっ！」

さっと回避しつつゴーレムの懐へと潜りこみ、横薙ぎの一撃を叩き込む。

が、その剣は十センチほどめり込んだところで、あっさりと止まる。

これが人間相手なら致命傷だったのだろうが、相手はあくまで魔力で動く人形である。

「侵入者ハ排除スル」

まったく意に介した風もなく、まったく抑揚のない声で三度同じセリフを繰り返し、ゴーレムが剣を振り上げる。

「くっ！　ぬ、抜けない!?」

ラクシュはこんな時まで剣を引き抜こうとやっきになっている。

「ちっ！」

俺は魔力を練り、風の刃を放つ。

ザンッ！　とゴーレムの腕が肘のあたりから先が断ち切られ、地面を転がる。その隙に俺は駆け寄り、ラクシュの腕を掴んで剣を力任せに引き抜き、彼女を抱いたまま後ろに跳ぶ。

「馬鹿野郎、やみくもに突っ込むやつがあるか！　死にたいのか!?」

距離をとるなり、俺は声を荒げ叱責する。

いろいろ面倒な奴だとは思うが、タハミーネの妹である。目の前で死なれては、あの世に行ったとき彼女に合わせる顔がなさすぎる。

「す、すみません」

「とにかくお前は後ろに下がって頭を冷やしてろ。今のままのお前じゃ正直、迷惑だ」

「……わかりました」

ぐっと悔しそうに表情を強張らせるが、自分でも納得するものはあったらしい。

まあ、魔造王に故郷を襲われているからな。ゴーレムも中にはいたのだろう。それで思わず我を忘れて切りかかってしまった、といったところか。

まったく危なっかしいことこの上なかった。

「セイ！　核《コア》はどこだ!?」

「今、探してる。わかった！　左太もも！」

「造ったやつの性格の悪さがうかがい知れるな！　はぁっ！」

ぼやきつつも、カイは剣を振り下ろし、ゴーレムの左太ももを叩き斬る。

ほう、ラクシュの斬撃にも耐えたゴーレムの身体を、あっさり一撃で切断するとは、やはりなかなかやる。

「侵入者ハ…………」

ゴーレムが言葉を繰り返そうとしたところで、ふっと目の光が消える。そしてグラリとバランスを崩し、倒れる。

ゴーレムのような魔法生物は、首を切り落としても、心臓を貫いても、動き続ける。倒すには今回のように、彼らを動かす魔力の動力源を断つのが基本である。

「今度は右わき腹！」

「了解。アイスジャベリン！」

後衛の一人が放った氷の槍が指定された場所をピンポイントで貫く。大したコントロールだった。

二体目も、瞳から光が消えその動きを止める。

「思ったよりできるな、彼ら」

互いの手の内もよく知り、役割分担も滞りなく、なにより戦いなれている。

このゴーレムたちは、さすが魔王の城に配置してあるだけあって相当の強さではあるはずなのだ。

やや冷静さを欠いていたとはいえ、ラクシュがあっさりと不覚を取る程度には。

それらを苦もなく屠っていきやがる。大したものだった。

「なにやら騒がしいと思ったら、来客ですか。まったく研究がこれからというときに」

ふっと奥の建物から、銀髪の青年が現れ、煩わしそうに眉をひそめる。

眼鏡をかけたその容貌は、知的さと同時にどこか酷薄さも感じさせた。

なによりも――

「な、なんだ!?　この魔力量!?」

「(カチカチ)あ、あああ」

「(ぶるぶる)う、うそだろ」

先ほどまでゴーレム相手に無双していた冒険者たちが、軒並み表情を凍らせる。

確かに、圧倒的だからな。

間違いなかった。

いきなりの登場とは思わなかったが、この男こそ——

「魔造王イスファンデヤール……」


「ええ、我こそは魔造王、永遠の真理の探究者、イスファンデヤールです」

くいっと眼鏡を直しつつ、魔造王は名乗りを上げる。

この場にいる誰も、この言葉を疑おうとはしなかった。

見た目はいかにもな優男なのだが、存在の格がそもそも違う。

以前相まみえた魔竜王と、まさに同格の化け物だ。

「察するに、君たちは我を退治しに来た冒険者といったところですか。ん？　ほう！　これはこれは！　我が同朋、ザッハークを倒した勇者ロスタム殿ではないですか！」

イスファンデヤールが視線を俺に向けるや、興味津々に目をみはらせる。

まあ一応、魔竜王を倒した存在だからな。

魔族にもどうやら顔と名が知れ渡っていたらしい。

「いやはやもしやとは思っておりましたが。ザッハークのいたダバーマント山のふもとで隠遁したと聞いておりましたが、復帰なされたのですか？」

「まあ、いろいろ事情があってな」

「ほう、それで我を討ちに来た、と」

「ああ」

「なるほどなるほど。これは賭けは我の勝ちのようですね」

一人楽しげに、イスファンデヤールがくつくつと笑いだす。

俺はいぶかしげに眉をひそめる。

「賭け？」

「ああ、いえいえ。サマンガーンを潰せば、森に引きこもっていた貴方も出張ってくるかな、と」

「ふん、つまり俺はまんまと誘い出されたってことか」

俺は小さく不満げに鼻を鳴らし、口の端を吊り上げる。

外面こそ余裕を装っているが、正直、かなり最悪な展開だ。わざわざ俺を招き寄せたということは、相応の対策を整え、俺に勝てる算段がついているということだろう。

ただでさえ魔王は圧倒的存在なのだ。しかも準備万端に待ち構えてまでいられては、さすがの俺も分が悪い。

「人の身でありながら、あのザッハークを破った存在。研究対象として、彼が倒されて以来、ずっと興味を抱いておりました！」

イスファンデヤールが愉悦に口をゆがませ、なんとも興奮した口調で熱っぽく語る。

魔造王の名が示す通り、こいつは「何か」を作ることを好む。その新たな何かを作り出すために、俺は絶好の研究素材だったってことか。

「貴方を解剖すれば、我はもう一段上の世界を見れるようになるかもしれないっ！　より進化した作品たちを想像するだけで心が躍る！」

初見の印象では、知的で慇懃無礼な奴かと思ったのだが、どうやら興奮すると人が変わるらしい。

そういえば昔の知り合いにこういうのが一人いたな。いわゆる研究馬鹿ってやつだ。

自分の研究の為なら、いろいろなしがらみとかぶっちぎって猛進する、実にはた迷惑な輩である。

「そんな……そんなことのためにサマンガーンを襲ったのかっ！」

ラクシュが激昂して叫ぶや剣を振り上げ、イスファンデヤールへと突っ込んでいく。

ってまたかよ、この猪娘は⁉

「ちっ！」

俺も慌てて駆け寄る。間に合うか⁉

「父上の仇！　……なっ⁉」

裂帛《れっぱく》の気合とともに放たれたラクシュの剣は、しかしイスファンデヤールの人差し指と中指であっさりと受け止められる。

やはり魔王の絶大な魔力でコーティングされた肌には、彼女程度では傷一つつけられないか。

「ふふふっ、ロートルの父親のほうがまだ鋭い剣を放っていましたよ。せっかく彼らが命を張って助けたというのに、犬死ですね」

冷笑とともに、イスファンデヤールはその人差し指に魔力を集めていく。

やがて拳大ほどの光球が出来上がる。小さいが、そこに圧縮された魔力密度がとんでもない。

あんなものまともに食らったら、城壁だって吹っ飛ぶだろう。

「あ、あああ……」

今更ながらに震えきったラクシュの声が響く。

死の恐怖に身体がすくんだか。ったく。

「馬鹿！　避けろ」

俺はラクシュの襟首をつかんで、強引に後ろに引っ張るや、もう片方の手で魔力の障壁を張る。

「ええ、そう来ると思っていました」

ニッとイスファンデヤールが口の端を吊りあげ、俺の懐へと潜り込んでくる。

ちぃぃっ、最初から俺が狙いかよ⁉

「破っ！」

「がっ⁉」

ドゥンッ！　腹部に押し当てられたイスファンデヤールの手のひらから魔力波が放たれ、俺はラクシュをひっつかんだまま後方へと一気に吹き飛ばされる。

咄嗟にラクシュを抱き寄せ、そのまま城壁に激突し、なんとか停止。

「かはっ！」

一瞬、息が詰まる。

つぅぅ、さすがに効いた。腹部を押さえる手に、どろっとした感触。

「こりゃ相当、肉がえぐられたか」

魔王相手にのっけからこのダメージは正直、さすがにきつい。

それでも貫通までは至っていない。そうだったらさすがに終わってた。

魔王の一撃をほぼノーガードで受けてこの程度で済んでいるのは、皮肉にも竜鱗の呪いのおかげだな。生身ならさすがに死んでたぜ。

「に、兄様!?　ごめんなさい、わ、わたし……」

「いいから離れてろ。今のお前は足手まといだ」

心配そうにおろおろするラクシュを、ドンっと乱暴に押し飛ばす。

蒼白になってよろよろと後ろにたたらを踏む彼女を無視して、俺は患部に回復魔法を用いる。

「ぐあっ！」

「ぎゃあっ！」

「がふっ！」

「があっ！」

「ごふっ！」

冒険者たちの悲鳴が鳴り響く。

ちっ、当代最強の冒険者パーティって話だったが、あっさりやられすぎだろ。

「やれやれだ」

ふらっとした足取りで、俺は立ち上がる。

せめて回復するまでの時間稼ぎぐらいはして欲しかったが。そうも言ってられんか。

「ふふふっ、かなりのダメージですね。うまくいきました」

スタスタとイスファンデヤールが余裕の笑みとともに歩み寄ってくる。

その身体には傷一つどころか、返り血の汚れさえ見当たらない。やはり魔王級は、桁が違うな。

「たかだか人間相手に、ずいぶんと周到じゃないか」

「ザッハークを倒した相手ですからね。私は完璧主義なのですよ。なんだかんだ甘さを捨てきれないと報告は受けていましたからね。今は亡き恋人の妹は、助けると思ってました」

なるほど、親兄弟を殺されたラクシュの暴発まで計算済み、か。

これは……やばいな。まだ触れた程度ではあるが、おそらく純粋な戦闘能力ならザッハークと互角か、あるいはザッハークのほうがやや上といった程度。

しかし、単純にガチンコ勝負を挑んでくるザッハークに比べ、このイスファンデヤールってやつは狡猾でしたたかだ。

「人の身でありながらザッハークを倒した力量を見てみたくはありますが、さすがにそれでこちらが敗れては本末転倒ですからね。さっさと死んでください」

ブゥンっとイスファンデヤールの手に光の剣が生まれる。

そしてそれを、一切の容赦なく俺の脳天目がけて振り下ろしてくる。

「ちっ！」

キィンッ！

俺も腰の剣を抜き放ち、それを受け止める。

魔王ザッハークも仕留めた、古代魔法王国時代の名剣だ。さすがの魔王でも、これはさすが

に折れない。

ぎりぎりとつばぜり合いの中、魔王が小さく感嘆の吐息を漏らす。

「ほう？　その身体で私に押し負けない力を出せるとはね。少し驚きましたよ。が、しょせんは悪あがき。そう長くは持たないでしょう？」

「ぐ、ぐううっ」

やつの言う通り、こうしてる間にも腹部をズキズキと激痛が襲っていた。

そのせいで、いまいち力が入りきらない。

このままでは、さすがにちとやばい、か。

「なら、少々早いが、こっちも奥の手を使わせてもらう」

「奥の手？　使わせると思いますか？」

イスファンデヤールが勝ち誇ったように嘲笑を浮かべる。

確かに、そうだな。腹部の怪我は、回復魔法で一応の応急処置はしたが、正直、未だ激痛で身体に思うように力が入らないのが現状だ。

魔法で回復する隙も、この完全主義な魔王は与えてくれないだろう。

ならば、無理やり作るまでである。

「むっ!?」

俺の魔力の急激な高まりに、イスファンデヤールが表情を変える。

明らかに、人間の限界を超えたものだったからだ。

「ふんっ！」

「なにっ⁉」

力任せにイスファンデヤールの剣を払い除ける。

久しぶりに使ったが、やはり凄まじいな。先程までが嘘のように身体が軽く、力が漲っている。

続けて返す剣で袈裟斬りを放つ。

「くっ！」

イスファンデヤールはなんとか受け止めるものの、

「はあっ！」

俺は力任せに押し切る。たまらず魔王の身体が後ろに弾かれる。

よし、この隙に回復だ。

「こ、この力は……っ⁉」

これまで余裕の笑みを崩さなかったイスファンデヤールが、表情を強張らせる。

その視線の先にあるのは、剣を握る両手の甲に輝く聖痕だった。

「なるほど。それが有名な双星の聖痕ですか」

イスファンデヤールが緊張しつつも興味深そうに、メガネの奥で目を光らせる。

これこそが人の身の俺が、七大魔王の一角を倒せた理由だった。

聖痕を神から授かれるのは、万人に一人。二つ持っているのは世界広しと言えど、俺ぐらいのものだろう。

一つでも人を上級魔族にも対抗できるほどの力を与えてくれるのだ。そこにもう一つ重ねれば、得られる力は魔王にも届き得る！

「それはぜひとも研究してみたいですね」

しかし、イスファンデヤールは未だ余裕の表情を崩さなかった。

まあ、俺が魔竜王を討ち倒したことは知っているからな。その上で俺を呼び出したのだ。最初のあれで策が打ち止めということはあるまい。

まだまだ何かある、ということだろう。だったら、それら全部、力づくでねじ伏せるのみである。

「俺を殺せたら、好きにしな」

不敵に笑いつつ、俺は剣を構える。

「ええ、そうさせていただきましょう」

その言葉とともに、俺の剣とイスファンデヤールの魔力剣が再び交差する。

「ぐっ！」

次の瞬間、後方へとたたらを踏んだのは、イスファンデヤールである。

やはり膂力《りょりょく》では俺のほうが上のようだった。このまま一気に畳みかける！

「うおおおおおっ！」

「く！　ぬ！」

次々と繰り出される俺の剣撃に押され、一歩また一歩とイスファンデヤールが後退していく。

「ちっ！　うっとうしい！」

たまらずイスファンデヤールが魔法で空を飛び、距離を取った。

「逃がすか」

俺も飛行魔法を唱え、大地を全力で蹴ってやつの後を追う。

「流星魔弾《ミーティア・ブリット》！」

魔王の五本の指に光球が生まれ、次々と俺へと降り注いできた。

「この程度！」

俺はその弾幕を時にかわし、時に剣で弾き、イスファンデヤールを再び間合いへと捕える。

「せいっ！」

「ぬうっ！」

俺の大上段からの一撃が、受け止めたイスファンデヤールを地面へと叩き落す。

だが、奴は地面への激突前に体勢を立て直し、危なげなく着地。こっちへとまた魔力弾を乱れ撃ってくる。

「ちっ、なまじ力が強すぎるのも考えものだな」

撃ち合う度に後ろに吹き飛ばされていては、肝心の一撃を奴の身体にたたきつけられない。

この状態は禁じ手で、ほとんど使ってないからな。どうにも力の加減が難しい。

「やれやれ、まさか人間ごときに魔王の私が力負けするとは思っていませんでしたよ」

パンパンッと服の埃を払いつつ、イスファンデヤールは呆れた顔をする。言葉とは裏腹に、さほどダメージはなく、まだ余裕もあるようである。

まだまだ戦いは長引きそうだった。


「うおおおおおっ！」

「はあああああっ！」

俺の放った炎熱魔法と、イスファンデヤールの放った氷雪魔法が激突し、辺りに余波ともいうべき爆風をまき散らす。

魔法の威力はわずかに奴のほうが上。冷気が俺の身体を襲う。

もっとも威力は相殺されているので大したことはない。俺は構わず奴へと突っ込み、剣を横薙ぎで一閃。奴はそれを防ぎつつ、後方へと飛び早々に離脱。

このようなやり取りは、もうこれで何度目だろうか。

「魔王のくせに人間ごとき相手に随分と逃げ腰じゃないか。俺が怖いのか？　魔王の名が泣くぜ？」

「ええ、接近戦ではどうも分が悪そうですしね」

俺の挑発をさらりと眉一つ動かすことなく冷静にイスファンデヤールは返す。

これでプライドを刺激されて乗ってきてくれれば楽なのだが、やはり面倒な相手だった。あくまで自分の土俵での戦いに徹するあたり、実にクレバーというしかない。

「だがこれでは、いつまで経っても終わらんな」

一応、戦い自体は俺が有利に進めているのだが、いざという時に限ってするりと逃げられ、どうにも奴を追いつめきれないでいる。

一方のイスファンデヤールにしても、現状、攻めあぐねている感があるのでお互い様といったところだが。

「望むところですね。長期戦はどうやら私に有利なようだ」

「ふん」

いらだたしげに俺は鼻を鳴らす。

確かに奴の言う通りだった。正直言って、双星の聖痕は体力の消耗がかなり激しい。さっさとけりを付けたいところだった。

そしてその焦る心理まで計算に入れている。まったく本当に、面倒でやりにくい奴だった。

「ですが、同じことの繰り返しは、マンネリで少々飽きてしまいましたね。少し別の趣向を凝らすとしましょう」

言って、イスファンデヤールは視線をわずかに右に向ける。

戦闘中に俺から目を離すなど本来は言語道断、軽率と言わざるを得なかったが、今回ばかりはゾクリと背筋に冷たいものが疾らざるをえなかった。

そこにはラクシュがいたのだ。

そして、魔王の手のひらに収束していく魔力。

「魔光砲《デモン・ブラスト》！」

「そういうことかよ！」

俺はラクシュの元へと駆け寄り、黒い光の奔流を剣で断ち切る。

なんとか間に合いこそしたが、俺の背筋は冷たいものが流れていた。

今、こいつはわざと俺に猶予を与えた。やるだけなら、簡単だったろうに、だ。

その狙いは——

「大流星魔弾《メガ・ミーティア・ブリット》！」

今度は何十という魔弾が上空より降り注いできた。

くっ、さすがにこれは剣だけでは捌《さば》ききれん。

なによりも、俺はなんとかなってもラクシュがやばい。

「光盾《アイギス》」

俺と周囲の人間を光の幕が覆う。薄く、外の視認もできるが、俺が使える中でも最高位の防御魔法である。

さしもの魔王の魔法も、この防御幕は突破できずに誘爆を繰り返す。

「そらそらそら！」

だが、魔王は気にした風もなく、魔力弾を雨あられと浴びせかけてくる。

一発一発がそれこそ地面にクレーターを作り出すほどの威力だというのに、よくもまあここまで連発できるものだ。

しかも打ち疲れた気配もまるでない。どんだけの魔力量だよ、底なしか？

そういえば魔族は大気中の魔力も自身のものとしてコントロールできるんだったか。このままでは俺の魔力が先に尽きるのは明白である。

「ちっ、なかなか厄介な状況だな。どうしたものか」

俺一人だったなら、光盾を前方だけに展開して反撃を試みるところなのだが、ラクシュがいる以上、そういうわけにもいかない。

つくづく最低で陰険な奴というしかないが、実に有効だった。

「申し訳ございません、兄様。あたしが足手まといなばっかりに……」

ラクシュが生気の失せた、震えたか細い声で謝ってくる。

さすがの猪突猛進娘も、三度目となるとすっかり気弱になってしまったようだった。

「わたしのことなど構わず、あいつを討ってください。この場に来ると決まった時にすでに覚悟は済ませてあります」

ギュッと拳を握り締め、悲壮な決意を秘めた顔でそんなことを言ってくる。

瞬間、俺の脳裏にある光景がよぎり、ぶわっと怒りの感情が噴き出す。

「簡単に犠牲になるとか言うな！」

声を荒げ、俺は一喝する。

ラクシュはびくっと身体をすくませるが、叫ばずにはいられなかった。

「残された人間の、味方の屍の上にのうのうと生きている人間の気持ちを考えたことはあるのか⁉」

ふとした拍子におめおめと生き残ってしまった自分に、罪悪感で悶え死にそうになる。

衝動的に後を追いたくなり、皆に生かしてもらった分、意地でも生きねばという想いで踏みとどまるのだ。

だが、こんな姿で生きててどうする？　さっさと死んで仲間たちに会いたい。

そんな感じで何日も心が軋《きし》むような苦痛の堂々巡りをする。

この一〇余年は､ずっとそれが続いていた。ここでさらに亡き恋人の妹まで追加するなど､絶対にまっぴらごめんだった。

「そ、それは……で、でもわたし、さっきから兄様に迷惑しかかけてない……さっきは大怪我を負わせて……今もわたしのせいで身動きがとれなくなって……このままじゃ二人とも共倒れに……」

「やかましい！　こんなことぐらい織り込み済みだ」

強がりではなく、本心である。

魔王とやるにラクシュが力不足であることは、最初からわかっていたのだ。それがわかって連れてきたのは俺であり、ならばその責任は全て俺にある。

「弱音を吐いてる暇があったら、どうすれば挽回できるのか考えろ！　今の自分にできることを探せ！」

「そ、そう言われても、わたしにできることなんて……」

最初に出逢った時の頃が嘘のように、覇気のない声でラクシュがぼそそと言う。

まあ、世間的にはSランクの実力はあったわけだからな。ここまで自分が役に立たないどころか、足を引っ張ることになるとは、夢にも思っていなかったのだろう。

すっかり自信を失い、心が折れてしまったようだった。

ふ〜っと小さく息を吐き、俺は幾分口調を柔らかくして言う。

「まあ、そう自分を責めるな。俺だって駆け出しの頃は、パーティのみんなにいろいろ迷惑かけてたもんだ」

「ロスタム兄様でも、ですか」

意外そうに、ラクシュが目を丸くする。

あんまりこういう黒歴史は話したくはなかったんだが、まあ、仕方ないか。

「ああ。何度かやらかして、ダズに鉄拳制裁受けてたよ。新人の頃なんて、そんなもんだよ、みんな。いつか強くなったら、若いやつらに返せばいい」

「いつかって言われても……」

「そうだな。今こんなふうに言われても、納得できねえよな。俺もそうだったよ。自分が情けなくて、何もできないことが悔しくて、どうにかしたいのにその方法がわからなくて、そんな自分が嫌で嫌でどっかに消えたくなったもんだ」

「……はい」

頷《うなず》くラクシュの瞳からは、ぽろぽろと涙が零れ落ちていた。

まさに俺の言ったとおりだったんだろうな。確かに、きついんだよな。自分の失敗で自分がひどい目に遭うのは、嫌ではあるが納得はできるのだ。

だが、それが他人にまで及ぶと、本当にやるせなくてどうしようもなくなる。

「だったら、強くなるしかないだろ。心も、肉体も」

「…………」

「安心しろ。お前はこれから強くなる。自分の力のなさを知ってからが、本当の強さを得るスタートだ。二度とこんな想いをしたくないだろ？」

「……はいっ！」

そう叫ぶラクシュの瞳には、先ほどまでとはうって変わって強い意志の炎が燃え盛っていた。

どうやらなんとか立ち直ったらしい。

やれやれ、緊急事態とはいえ、柄にもないことを口走った気がする。

まったく世話の焼ける義妹だった。

「ふふふっ、なかなか感動的なやりとりでしたよ」

イスファンデヤールの皮肉まじりの言葉が響く。

爆音の中でも届くあたり、何か魔法を使っているのだろう。そこまでしてわざわざ伝えてくるあたり、よくやる。

「さすがは落ちぶれても勇者様だ。そんな役立たずにもお優しい！　くくくっ」

芝居めいた大げな口調でイスファンデヤールが馬鹿にしたように嗤う。

「くっ！」

ラクシュが悔しそうに下唇を噛み締める。だが、キレて突っ込んでいっては先程の二の舞だと必死にこらえているようだった。

そんな彼女に、しかし魔王はなお口撃をやめない。

「まったくとんだ悪女だ。親兄弟を犠牲にして逃げ延び、今度は姉の恋人を焚きつけ魔王と戦わせ、そして今まさに貴女のせいで死ぬことになる。英雄の一族サマンガーン公爵家の令嬢ともあろう方が、随分と落ちぶれたものだ」

「ぐぅぅぅぅっ……」

獣のような呻《うめ》きがラクシュの口から漏れる。

ラクシュを挑発してまた暴発させ、この均衡を崩そうといったところか。

「ふふふっ、そうやっていつまでも居すくんでいるといい。貴女を守る勇者が、私に殺されるところを。貴方の父上の時と同じようにね！」

「～～っ！」

あまりのことに、もはやラクシュは声すら出ないようだった。噛み締めた下唇から、そして握り締めた拳から血が滴っている。

まったくつくづくいやらしい男である。とにかく人の感情を逆なでするのが上手い。そしてそれを利用するのも。

全てが俺を倒すための布石になっている。確かに頭はキレるというしかないが、反吐しか出ない。

「ふ～～～～」

大きく長く、俺は嘆息する。

「おや、諦めたのですか？」

「ああ、諦めた」

俺はやれやれと首を左右に振る。

「これは意外ですね。拍子抜けというか……」

「これだけは使うまいと、心に決めていたんだが、な。その誓いを守るのは、諦めた」

「ほう、まだ何か奥の手がある、ということですか。怖いですねぇ」

イスファンデヤールがこちらをうかがうように目を細める。

はったりかどうかを見定めているのだろう。

「お前とこれ以上、顔を突っつき合わせるのは、正直もう耐えきれん。一秒でも早く終わらせられるなら、もう俺は、ためらわん」

吐き捨てて、俺は自らの身体を蝕む竜鱗の呪いの力を解放する。

瞬間、俺の身体から『黒い力』が噴き出し、荒れ狂う。

「こ、この力は……まさか……ザッハークッ!?」

「ああ、あのクソ野郎から受けた呪いの力だよ。この一〇年で、俺はそれを操る術を得た」

元々は、呪いの進行を食い止めるため、そしてできれば抑え込み元に戻るためだった。

これは、その過程で手に入れた、副産物である。

「俺の双星の聖痕の力に、こいつをさらに上乗せすれば……」

「がはっ！」

イスファンデヤールの苦悶の声が、辺りに響き渡る。

「魔王さえ圧倒する」

剣を振り下ろした姿勢で、俺は言う。

踏み込みざまの袈裟斬りの一撃で、奴の身体を肩口から斜めに切り裂いたのだ。

「な、い、いつの間に……み、見えなかった……」

その言葉とともに、ブシュッと傷口から蒼い血が噴水のごとく噴き出す。

後ろにふらふらとイスファンデヤールがたたらを踏む。

人間ならば、完全に致命傷である。だが、奴はさすがに魔王だった。

「くっ！」

イスファンデヤールが魔力を練り上げる。

この術式は……テレポートか！

「させるか！」

横薙ぎの一閃でイスファンデヤールの首を跳ね飛ばす。

さらに宙を舞った奴の頭部に、俺は容赦なく剣を突き立て、そのまま地面へと叩きつける。

「ぐっ、あがが……この私が、敗けた、のか!?」

首を跳ね飛ばされ、額を剣で貫かれても、まだ息があるのか。

大した生命力だ。

「あ、あ、ああああっ!!　助けて助けて助けて！　いやだ、死にたくない！　まだ研究したいことは山ほど残っているんだっ！」

つい先程までの余裕の表情からは一転して、無様に魔王はわめき始める。

万全の策を張り巡らせ、自分が敗けるなんて夢にも思っていなかったってところか。

ここで死ぬ覚悟など、露ほども持ち合わせていなかったのだろう。

「そ、そうだ！　助けてくれたらそのザッハークの呪いを解くぞ！　多少時間はかかるかもしれないが、私なら絶対に解ける！　し、知っているぞ。そのせいでひどい目にあっていることを！　私なら人の世界に戻してやれる！」

「確かに、お前なら解けるかもしれないな」

どんな高名な聖職者にも解けなかった呪いではあるが、こいつはザッハークと同格の魔王だ。頭もいい。研究熱心で知識もあるのだろう。

「あ、ああ！　解ける！　絶対に解いてみせる！」

「そうか。俺もこの呪いを解くのが、この一〇年の悲願だった」

「ああ、そうだろう。任せてくれ！　だから……」

助かりそうな気配に、イスファンデヤールの声にも熱がこもる。

「だが、お前のようなクソ野郎を信用するほど俺は甘くない」

冷酷にきっぱりと、俺は言い捨てる。

絶望に、イスファンデヤールの顔が一気に青ざめる。光明が見えたところにそれを潰されるのが絶望を深めるのは、人も魔族も同じらしい。

まあ、これぐらいの鬱憤晴らしはしないと、な。

「ラクシュ！」

「は、はいっ！」

「ちょうどいい。お前がとどめを刺せ。さすがに角を折れば死ぬだろう」

角を折れば、魔族は死ぬ。

この辺は半魔族でも魔王でも変わらぬはずだ。

「い、いいの、ですか？　わたし、全然役に立っていないのに、こんな手柄だけもらうような……」

「俺はもう鬱憤は晴らした」

袈裟斬りの一撃に、首飛ばしに、精神攻撃。

十分すぎるほどである。

「お前のほうがいろいろあるだろ。ここを逃せばもう、区切りをつける機会はないぞ」

復讐は何も産まないとか、むなしいだけとか、綺麗事を言うやつがいる。

反吐が出る。大切な者を理不尽に奪われた経験のない者の言葉だ。

ああ、確かに何も生産的なものはない。だが、恨みを晴らさない限り、叩きつけない限り、様々な感情が荒れ狂い、どうしようもなくなることを、同じところをぐるぐるして前に進めないことを、俺はよくよく知っている。

それはつらさのあまり、心を歪ませる時さえある。

復讐を終えた後、むなしい？　いいことじゃないか。少なくとも、あの激情の渦に苦しめられてはいないのだから。

「わかり、ました」

頷き、ラクシュは剣を抜いて構える。

「や、やめろやめろ、いや、やめてください！　謝る！　サマンガーンを滅ぼしたことは謝りますから！」

「ならばあの世で父に詫びよ！」

情けなく喚くイスファンデヤールに、ラクシュは吐き捨てるように言って、彼の角へと剣を突き立てる。

腐っても魔王である。

ラクシュの力では一撃では斬り落とせなかった。

しかし、それは魔王にとって決して幸福とは言えなかった。

折れるまで何度となく剣を突き立てられ、死の恐怖と激痛を味わい続けたのだから。

第六話

呪われし勇者は、自らの中の闇を見据える

第六話

「終わったな」

「ええ、終わりました」

角を文字通り削り取られ、こと切れたイスファンデヤールの首を見下ろし、どこか脱力しきった声でラクシュは呆然と返す。

これまでこいつに復讐すること、それだけしかなかったのだ。復讐を遂げたことで、いろいろ肩の荷が下りたのだろう。

「これからどうする？」

「サマンガーン領に戻り、当主代行として復興に尽力しようと思ってます」

「それはいいな」

俺は小さく笑みをこぼし、頷く。

復讐を遂げた瞬間、生きる気力を失うなんてのはよく聞く話だ。やるべきことがあり、忙しくしているほうが、妙な虚無感に襲われずに済む。

「はい。父上や兄上たちも、きっとそれを望んでると思いますから」

と、そこまでは実に立派なノブレスオブリージュに満ちた発言だったのだが、ぐぅぅぅぅぅうっ！　唐突に鳴り響く腹の音に、全ては台無しとなった。

「こ、こ、これはその！　何と言いますか……」

腹を押さえ、真っ赤な顔でしどろもどろになるラクシュに、俺は思わず吹き出す。

まったく凛とした見た目をしているくせに、どこまでも締まらない奴だった。

「まあ、そういうのは堅苦しいのは明日以降にして、まずとりあえず今は、飯にしようか」

「……ふふっ、今さらもう取り繕いようもありませんね。はい。そうしましょう」

小さく鼻を鳴らした後、ラクシュはにっこりとはにかむように笑みを浮かべる。

憑き物が取れ、なんとも晴れ晴れしい笑顔だった。

「さて、じゃあ帰るか」

地面に手をかざし、魔法陣を浮き上がらせる。

毎度恒例、テレポートである。足を踏み込むや視界が切り替わり、目の前に懐かしの我が家が現れる。

「シャラ〜、帰ったぞ〜……なっ!?」

何気なく扉を開け放ち、俺はぎょっと目を剥く。

床には皿の破片や錯乱し、椅子も倒れ、まるで強盗にでも遭ったかのように荒れていた。

「シャラッ！　無事か!?　どこだ!?」

「ほう、無事に帰ってきたのか。さすがは勇者ロスタム様だ」

そう言って俺を出迎えたのは、もちろんシャラではなかった。

だが、見覚えのある顔だった。

キッと俺は目の前のそいつを殺意とともに睨みつける。

「これはどういうことだ、兵士隊長!?」

家の中を探ってみるが、他に人の気配はない。つまり、この家にシャラはいないということだ。

是が非でも話を聞かせてもらう必要があった。

「どう言うこと、と言われてもな。王命に従ったまでのことだ」

俺の怒声を受け流し、兵士隊長はにぃぃっと口の端を吊り上げる。

ぷちんと、俺の中で何かが切れた。

「がはっ！」

俺は電光石火の動きでその醜悪な面を引っ掴み、床へと兵士隊長を床へと叩きつける。

このまま顔面を握り潰してやりたいところだが、先に聞かねばならないことが山ほどあった。

「だから王命とはなんだ!?　シャラをどこへやった!?」

ぎりぎりと兵士隊長の顔を締めあげつつ、俺は詰問する。

「ぐ、ぐあああ！　は、話す！　話すから離せ！　あの娘がどうなってもいいのか!?」

「……ちっ」

仕方なく、俺は手を離す。こうならないために保険はかけておいたのだが、どうやら当てが外れたらしい。

そのことを奴にぜひとも問いただしたいところだが、まずはこいつが先だ。

「っつ〜〜！　頭蓋骨が砕けるかと思った。なんて腕力だ。化け物め」

「おい、とっとと話せ。シャラはどこだ!?」

「ふん、言われなくても話すさ、まったく言う前に襲ってくるとは、野蛮人が！」

急かす俺に、兵士隊長が忌々しげに吐き捨てる。

人の部屋を無断で荒らしたこいつにだけは言われたくなかった。正直、そのムカつく面を思いっきり殴り飛ばしたかったが、何とか我慢して続きの言葉を待つ。

「貴様との約束を果たしただけだ」

「約束だと!?　こんな話は聞いていない！」

「イスファンデヤールを倒したら叙勲すると言っていただろう？　叙勲ができるのは陛下だけだ。ロスタム殿なら必ずや魔造王を倒すものと信じ、先に王都へと向かってもらったのだ」

「なん……だとぉ……!?」

「どうやらこちらの読み通り、彼奴《きゃつ》を倒したようだな。大したものだ。陛下もお喜びだろう」

「そういう、ことか」

ギリッと奥歯を噛み締める。

だいたい読めてきた。つまりこいつらの目的は――

「シャラを人質に、俺を飼い慣らそうって魂胆か」

「おいおい、人聞きが悪いな。英雄ロスタム殿が大切にされている娘だ。陛下も丁重に扱うと仰っている。こんな辺鄙な森では味わえないような贅沢もさせてやろうともな。もちろん、お前が王の命に従っている限りは、だが」

勝ち誇ったような顔で、兵士隊長が嗤う。

人が手出しできないと思って……。

「そ、そんなまさか……あのお優しい陛下が……このような非道なことを……っ！」

ラクシュもショックを受けたようで、顔面を蒼白にしている。

彼女にとっては、国王は領地の復興を約束してくれた人間、だからな。

「ロスタム兄様は二度にわたり我が王国を救った英雄だぞ！　恩人だぞ！　それをこのような……っ！　確かにあの娘は正直気に入らないが、しかしこれは王たる者のなさることではない！」

「何をおっしゃっているのかわかりかねますな。ラクシュ様。王はその英雄とその郎党に贅沢な暮らしをさせてあげるといっているのです。責められるいわれはございませんな」

「しかし！　臣下の家族を人質に取るなど……っ！」

「もういい、ラクシュ。怒ってくれるのは有難いが、話の通じる相手じゃない」

最初からこういうつもりで、俺に話を持ちかけてきたのだ。

今さら、そんな道徳めいたことで批判したところで、その面の皮一枚剥くことはできまい。

「王が不安になるのは、わからないでもない」

俺はこの森に引っ込み、王命をことごとく無視してきたあげく、半魔の娘をかくまうという法まで犯した。

そんな王のコントロールのきかない無法者が、魔王を倒せるほどの『戦力』を保有している。

王からすれば怖くて仕方ないだろう。いわば自分の家の中に猛獣を住まわせているようなものだ。

檻に入れるか、鎖でつなぐぐらいはしたいのが道理であろう。

「ほう、さすがは英雄様だ。物分かりがよくて助かる」

「ああ、物分かりはいいつもりだ。だから、こういうこともわかる」

「ん？　なにを……ぐあっ！」

兵士隊長の髪の毛を引っ掴み、そのまま顔面を床に叩き付ける。

苦悶の声と血しぶきと歯が、周囲に巻き散る。だが俺はお構いなしに何度も何度も床に兵士隊長の顔を打ち付ける。

「あがが、ひ、ひひゃま、こんなきょとをひて、どうなるひゃわひゃっているのひゃ⁉」

前歯が何本も折れたからか、兵士隊長の言葉はもごもごとして聞き取りにくい。

察するに、『貴様、こんなことをして、どうなるかわかっているのか⁉』といったところか。

俺は鷹揚に頷く。

「ああ、わかっているさ。つい先ほど、イスファンデヤールに習った。人質ってのは生きているからこそ価値がある。シャラを殺した瞬間、俺は確実に王国の敵に回るんだ。そう簡単に貴様らも手は出せまい？　そう、それこそ、お前程度の下っ端をやったぐらいでは、な」

「にゃっ、にゃにゃに⁉」

血まみれでぼろぼろの顔だったが、それでも表情が強張るのがわかった。

人質がいる以上、安全だと高をくくっていたのだろう。前々から俺を気に入ってない風だったからな。ちょうどいいうっぷん晴らしの機会と安易に引き受けたのかもしれない。

まったく甘いにもほどがある。俺の逆鱗に触れておいて、無事に帰れるわけがないだろう？

「安心しろ。念のため殺しはしない。傷も治してやるさ」

言って、俺は回復魔法を兵士隊長の顔にかけてやる。

さすがに失った前歯まで戻りはしないが、見る見るうちに顔の傷が塞がっていく。

数十秒後にはすっかり元通りである。それを確認してから、

「ぐあっ！　ぎゃあっ！　や、やめあぐっ！」

再び兵士隊長の顔面を床に叩き付ける。

ああ、しかし、心がまったく晴れないな。

が、後から後からどす黒い感情が湧き出てきて、こうせずにはいられない。

とりあえず俺は、兵士隊長が激痛とショックで失神するまで、淡々とその行為を繰り返し続けた。


「ふん、思っていたより脆かったな」

白目を剥いた兵士隊長を冷めた眼差しで確認し、俺はぽいっと放る。

逃げないよう魔法で拘束するのも忘れない。それが終わってから、むしゃくしゃがまた湧き出てきたので、腹に一発蹴りを入れておく。俺の力では殺しかねないので手加減して。

だが、手加減したためかどうもすっきりしない。なので顔を踏みつけることにした。とりあえず、ぐりぐりすると、気を失っていても呻くのが心地よかった。

「に、兄様……」

俺の行為にラクシュが心配そうに呼びかけてくる。

まあ、引かれても仕方がないか。

「なんだ、止めるつもりか？　悪いがやめるつもりはないぞ」

巷では確かに俺は英雄とか言われてはいるが、大事な人間を不当にさらわれて、笑っていられるほど聖人君子ではないのだ。

正直、心の中を激しい怒りが渦巻き、こうでもしていないとまともに思考することすらできない。

「いいえ、大事な者を奪われたお気持ちは、わたしにもわかりますから。復讐に狂ったわたしに、兄様を責める資格はございません」

「じゃあなんだ？」

「その、これからどうなさるおつもりなのか、気になって……」

そう問うラクシュの顔には不安がありありと浮かんでいた。

付き合いが短いなりに、俺がこんな不当な要求に唯々諾々と従うような人間ではないことは、彼女もわかっているのだろう。

「お前には関係のない話だ。お前の用事は済んだろう。とっとと領地に戻って復興に精を出してろ」

「そ、そんなわけには……っ！　そ、そうです！　わたくし、陛下に直訴してきます。公爵代行の言葉なら陛下も耳を傾け……」

「いらん。そんな悠長なことをするつもりはない」

俺はにべもなくラクシュの提案を却下する。

相手は完全に確信犯なのだ。のらりくらりとかわされて、いたずらに時間だけが過ぎていくのはわかりきっている。そんな長い間、あいつを独り不安にさせておくつもりもない。

「で、では、わたくしに何かできることはございませんか？　大恩ある方の危急の時に何もせぬなど、サマンガーンの名折れです。なんでもします、仰ってください！」

思い込んだら一直線の、頑固一徹猪突猛進娘だからな。

こうなると、てこでも動かなさそうである。説得する時間も惜しいな。

「わかった。なら、これから俺がすることは、他言無用だ。誓えるか？」

「亡き父母と、サマンガーンの名にかけて」

「よし、なら……おい、ミスラ！　どうせどっかで聞いているんだろう!?　とっとと出てこい！」

俺は天井に向かって吼えるように叫ぶ。

気配は一切感じとれない。だが、確信めいたものが俺にはあった。

果たして——

「はいはーい、何か御用ですか、ロスタム様？」

目の前に妖艶な肢体と美貌を持った女魔族が明るい声とともに現れる。

テレポートの一種ではあるようだが、わずかも魔力もその気配も感じさせず、というのはどういう理屈なのか。まあ、今はそんなことはどうでもいい。

「あ……あああ……ミ、ミスラってまさか、よ、妖魔王……っ!?」

ミスラを震えた指で指し示し、ラクシュがカチカチと歯を鳴らす。

つい先ほど、魔王の圧倒的実力差に心折られたばかりだからな。

魔族に強い憎悪もある。事態に頭がついていかないのだろう。

「ああ。そのミスラだ。まあ、いろいろあってこいつとは賭けをしていてな」

「ま、魔王と賭けぇっ!?　に、兄様、なんでそんな危険な……」

「とりあえず質問は後にしてくれ。今はまずこいつに訊きたいことがある」

「あら、何かしら？」

「とぼけるな。賭けに乗るかわりに、シャラの身の安全は保障する。そういう契約だったはずだ。これはどういうことだ!?」

イスファンデヤール討伐で留守にする間、シャラの身に何かあってはと、念のため保険をかけておいたのだ。

魔王相手の取引は正直、不安だったが背に腹は代えられなかった。

俺にも察知できぬテレポートの使い手のミスラだ。ラクシュをさらうつもりならこれまでいくらでもチャンスはあったろう。

だからこそ、信用はできないが、信頼はしていたのだが――

「ええ、だから、無事ですよ。どこも怪我などしていません。契約はきちんと守っておりますわ」

怒りをあらわに詰め寄る俺に、ミスラはしれっと悪びれることなく答える。

そういうことかと、思わず舌打ちが漏れる。

「つまり、直接シャラに危害を加えようとしない限り、傍観に徹するってことか。たとえ連れ去られようと！」

「ええ、だってわたくしはあくまで『観客』であり、『裏方』ですから。極力、舞台に上がるのは避けたいところです」

クスクスと楽しそうに艶然と微笑む。

どこまでも道化を気取るか。正直、そのきれいな顔を引っぱたいてずたぼろにしてやりたいぐらいだったが、今は一分一秒さえ惜しかった。

「シャラが今いるところはわかるか？」

独りわけもわからず連行されているのだ。

不安に押しつぶされているに違いない。さっさと助けにいきたかった。

「ええ、わかりますけど、ちょっと言葉では言い表しにくいですわね」

「じゃあ、案内しろ」

「それは賭けの契約を果たしてから、ですわ。賭けはわたくしの勝ち、ですわよね？　わたくしが勝ったらその血を頂くという約束ですわ」

にぃぃぃっとミスラが口の端を吊り上げる。

イスファンデヤールを倒した後、国が俺たちのことを認め静観するか、何かよからぬことを仕掛けてくるか。

俺はかすかな希望をかけて前者に、ミスラは後者に賭けた。

「そっちこそ先に約束を果たすべきだろ。これは明らかな契約違反だ」

俺が勝っても何ももらえないが、俺の留守の間シャラの安全を保障する、という報酬を先払いしてもらえるというから、賭けを受けたのである。

この状態は、到底納得のいくものではなかった。

「あら、でも、先ほど言いました通り、本当に怪我一つ負っておりませんのよ？」

「だが、俺を敵視している奴らの手の内じゃないか。全然安全な状態じゃない。これは立派な契約違反だ」

「あら、そういうものですの？」

ミスラは顎に人差し指を立て、小首をかしげる。

本気でそう思ってそうなところが、埋められない価値観の溝を感じさせる。

「というわけで、さっさとシャラのところへ案内しろ」

「え～～っ！」

子供っぽささえにじませて、ミスラは不満を表明する。

こいつの力をもってすれば、そんな大した手間でもないだろうに、何がそんなに嫌だってんだ？

「それは簡単すぎて面白そうじゃありませんわね。さっきも言いました通り、わたくしは観客であり裏方。ここでわたくしが手助けしては、『劇』が盛り上がりません！」

「いったい何を言っている？」

この状況であまりといえばあまりな言いぐさに、俺は頭痛を覚えた。

しかもひどいことに、彼女は間違いなく本気でこれを言っている。

だが、これで終わりではなかった。

ミスラはニッといたずらっぽく口の端を吊り上げる。

「劇の質を上げるため、わたくしは涙を飲んで、ロスタム様の生き血を諦めることに致しましょう。わたくしは賭けを降りることにしましたわ」

「なに⁉　じゃあ、シャラの安全は⁉」

「もちろん、保障いたしません」

俺の狼狽っぷりがよほど面白いのか、ミスラはクスクスと笑みをこぼす。

本当にこの女、性格が悪いな！

ちい、もう仕方ない。

「わかった。先に血をくれてやる。それでどうだ？」

今はこいつだけが手がかりである。

なんでも魔族にとって人の生き血は最高のご馳走らしい。双星の聖痕に竜鱗の呪いというレア物の血に、好奇心がうずくのだそうだ。

ここは俺が譲歩を示すしかない。

しかし、

「もういりませんわ。ご提案はとても魅力的なのですが、劇を楽しみたいので。というわけでわたくしはこの辺で。健闘を陰ながら見守っておりますわ」

ミスラはすがすがしい笑みを残してくるりと踵を返したかと思うと、すっとその姿が霞のように掻き消える。

「ちょっ、おい待て！　戻ってこい！」

俺は思わず叫ぶが、あたりはシーンとしたまま何も起きない。

相変わらずどこかで聞き耳は立てているのかもしれないが、とりあえず今はもう俺の前に顔を出す気はないようだった。

「どこまでも自分勝手な女だ。愉快犯め」

思わず俺も吐き捨てる。

ようやく、あのミスラという女のことがなんとなくわかってきた。

他人の不幸は蜜の味というが、俺の人生をただただ観客として楽しんでいるのだ。

そして、自分の見ているこの『劇』が、面白くなればそれでいいのだ。

そしてそのために、『劇』をあえて掻き乱す。

どこまでも悪趣味で、最低最悪にたちが悪いというしかなかった。

叶うことなら、奴のアジトを見つけ出し、乗り込んでぶちのめしてやりたいところだが、今はそんな時間はない。

ミスラの保護がなくなった今、一刻も早くシャラを助け出す必要がある。

もうそのためには、手段を選んではいられなかった。

＊　＊　＊

「ほう、そうか！　半魔の娘を捕らえたのか！」

伝令の報告にパンパンっと手を叩き喜びをあらわにしたのは、アフサーナ王国の国王ハザールである。

すでにこの娘がロスタムの弱みであることは、騎士爵位の叙勲で試して確認済みである。

あくまで試し半分であったのだが、まさか本当にその娘のために、魔造王イスファンデヤール討伐に出向くほど執着しているとは思っていなかった。

こんな美味しい餌を、一度限りにするのは、あまりにも馬鹿馬鹿しいというものである。

「その半魔の娘さえいれば、これからもあのクソ生意気な勇者ロスタムに自由自在に言うことを聞かせることができるというものよ」

くっくっとハザールは嗤う。

彼は今まさに有頂天のさなかにあった。

夢は膨らむばかりである。七大魔王すべてを討伐させ、近隣諸国も蹂躙し、世界の王となることも不可能ではないように思えた。

「せ、僭越ながら、もしその半魔の娘を奪還されれば、ロスタム殿は間違いなく我が国の敵に回りましょう。それはあまりに危険。あまり刺激なさらぬほうがよろしいかと思うのですが……」

側近の一人が、おずおずと諫言する。

それはまさしく忠臣の言ではあったが、ハザールにとってはせっかくの上機嫌に水を差す空気の読めないものだった。

ハザールはぎりっと忌忌しげに奥歯を噛みしめ、顔を怒りで歪める。

「奴のほうがよっぽど余を刺激しておるわ！」

ハザールは手に持っていたワイングラスを、中身ごとその側近に投げつけた。

パリィンと顔に当たった衝撃でグラスが割れ、側近の顔に無数に傷をつける。そこにワインが傷を焼くのだ。

「あぐっ！」

側近が苦痛にうめき声をあげうずくまる。

だがそれにも構わず、ハザールは立ち上がり、容赦なくその側近を蹴り飛ばす。

「貴様にはわかるまい!?　この至尊の存在である余が、平民であるあのロスタムごときに侮られるということがどれほどの屈辱か！」

癇癪が収まらなかったのか、ハザールをさらに側近の肩や背中を幾度となく踏み蹴っていく。

彼にとって、それほどロスタムは憎むべき存在であった。

ロスタムが自分の代になって一度も王宮に伺候《しこう》しないせいで、『勇者に認めてもらっていない偽王』などと陰口を叩かれていることを、それが臣下はおろか諸外国にまで伝わっていることを、ハザールは知っている。

こんな辱めはなかった。

縛り首にしても飽き足らぬほどであったが、魔王を討ち倒した英雄を無実の罪で捕らえ処刑するのは、さらにハザールの名声を落としかねない。

この五年、ずっとこの鬱屈とした想いに耐え続けるしかなかったのだ。ようやくその恨みを晴らす絶好の機会がやってきたのである。

「余はこの国の王であるぞ！　いかに勇者といえど、余の命に背いていいはずがない。悪いのはすべて奴に決まっておろう！　我が側近のくせにそんなこともわからんか！」

ガッと最後にひときわ強く側近を蹴り飛ばし、ハザールはふ～ふ～っと大きく肩で息をする。

まったく不快極まりなかった。せっかく良い気分だったのに、台無しもいいところである。

「叫んで喉が渇いたわ。代わりを持てい！」

「こちらに」

「ほう、気が利くではないか……なっ⁉」

ハザールは声のしたほうを振り返り、ギョッと目を剥く。

そこにいたのは異形の男であった。一度も見たことのない顔だったが、その頬や首筋を覆う爬虫類のような鱗を見れば、替えが誰だか一発でわかる。

「な、貴様、ロスタ……ぐあっ！」

その名を呼ぼうとして、首筋をひっつかまれ、吊り上げられる。

小太り体型のハザールは相当に重いはずだが、それをあっさり片手で持ち上げている。

「お初にお目にかかります、陛下。ご機嫌麗しゅう」

言葉だけは丁寧に、その男は不敵に口の端を吊り上げた。

*　　　*　　　*

「く、曲者⁉」

「へ、陛下を離せ！」

「邪魔だ」

斬りかかってくる側近たちを、魔力を圧縮して放出しまとめて弾き飛ばす。

それぞれ壁や柱に激突し、そのままずるずるとその場に崩れる。

「ぐぐっ、ロスタム、貴様、何をやっているのかわかっているのか⁉」

吊り上げてる国王が、手足をばたつかせ苦しそうにしながらも怒りをあらわに問いかけてくる。

俺はふっと彼をあざ笑うように鼻を鳴らす。

「ええ、わかっておりますよ。すべて覚悟の上です」

もうアフサーナ王国では暮らせないだろう。

だが、それがどうしたというのか。元からこの国にさほど未練などはない。

すべてが終わったら、いずこかの国へと出奔すればいいだけである。

「むしろ覚悟がなかったのは貴方のほうでしょう？　俺を敵に回すことへの、ね」

テレポートが使える俺は、神出鬼没である。

確かに王城はこれ以上ないほど警戒厳重ではあったが、俺にかかれば忍び込むなど容易である。

「俺がその気になれば、この通り、いつだってあなたの命が取れる。おいたがすぎたな、国王陛下」

「よ、余を殺すつもりか!?」

「いや、殺しはしないさ。大事な人質だしな」

「人質!?」

「ああ。シャラ……お前たちがさらった半魔の娘と交換だ」

きっぱりと俺は要求を突きつける。

今現在、シャラの居場所はわからない。この王城に向かっている可能性もあるが、俺に居場所を悟らせぬようどこかに幽閉する可能性も考えられる。

ならば話は簡単だ。さらった奴に連れてこさせればいい。なまじっかな相手では人質交換に応じない可能性があるが、さすがに国王自身ならば問題あるまい。

さらに言えば、こっちが国王という最重要人物の身柄を押さえていれば、シャラを丁重に扱われようというものである。

ミスラにすれば、もっとシャラが危機的状況に陥り、助かるか助からないかの瀬戸際のようなドラマティックな展開がお好みなのだろうが、俺が付き合う義理はない。

俺としてはとにかく、確実に、安全に、迅速に、シャラを助けるに、最前最短の手段を用いるのみだった。

「な、な、何か誤解があるようだな。余は半魔の娘をさらえなどと命じてはおらん。騎士爵位を叙勲してやろうとしたまでじゃ。おぬしも同意したことであろう?」

国王がなにやら弁解してくる。

そんな建前、こんな状態でいったい誰が信用するというのか。

「陛下。保護者の了解なしに子供を連れていくのは、世間では誘拐っていうんですよ」

「おぬしのしておることも立派な誘拐じゃぞ!?」

「ええ、だからわかってますって、自分のしていることは。目には目を歯には歯を、ってやつです」

「ふ、ふざけるな。余は至尊の地位にある国王じゃぞ！　そんな半魔の娘ごときと同列に扱ってよいわけががががっ!?」

実に耳障りだったので、顎を掴む手にちょっと力を込めてみた。

悲鳴の奥で、ミシミシと骨が軋む音も伝わってくる。

「俺は今、無性に気が立っている。言葉には気を付けろ」

我ながら、人類の長い歴史においても、国王相手にこんなことを言ったのは俺ぐらいだろうと思った。だが、偽らざる本音である。

正直、あれ以上不愉快なことを口にされていたら、顎の骨を砕いていたかもしれない。

「まあ、せいぜいシャラの無事を祈ってろ。彼女に身に何かあれば、お前も命の保証はないぞ」

口の端を吊り上げ、俺は獰猛に笑う。

その時は、本当に躊躇うつもりはない。それが伝わったのだろう。国王の顔が一気に真っ青になり、その股からはポタポタと水が滴り落ちている。どうやら恐怖のあまり失禁したらしい。

「ったく、きったねえな」

思わず顔をしかめ、俺はできる限り手を伸ばし、国王の体を遠ざける。

まったく国王なのだから、これぐらいのことで失禁しないでほしいものだ。

胆力がなさすぎると思った。

とにもかくにも——

こうして俺は、魔王を倒した救国の英雄から、国王をさらい王の間に立てこもるという前代未聞の凶悪犯へと見事ジョブチェンジを果たしたのである。


「シャ、シャラザード殿が到着した」

「そうか、ようやっとか」

兵士の報告を、俺は玉座で頬杖を突き、足を組んで尊大に受け取る。

我ながら不遜極まりないとは思ったが、もうここまでくれば毒を食らわば皿まで、である。

足元には両手両足をふん縛られ、芋虫のようになった国王が転がっている。

兵士はその光景に悔しそうに顔を歪めながらも、さすがに国王の身に何かあってはとしめてこらえているようだった。

「さっさとここに連れてこい。そうすりゃこいつは返してやる」

コツンと国王を軽く蹴りつつ、俺は急かす。

たった二日逢っていないだけだが、今は一分一秒でも早くシャラに逢いたかった。その無事を確かめたかった。俺を見て、嬉しそうに微笑む顔が見たかった。

この城はどうも、息が詰まる。国王を拉致監禁しているのだが致し方ないのだが、四六時中、外から中の様子を伺われ、仮眠さえ取れない。

国王を返せと交渉に来る奴も、だいたい敵意とともに叱責してくるか、煩わしい説得責めをしてくるかのどちらかだ。いい加減、うんざりしていた。

「ちっ、いつまで待たせるつもりだ」

いらだち、トントントンと玉座の肘置きを人差し指で叩きまくる。

冷静に考えれば、王城は広く、城門からここまでそれなりに時間がかかるのはわかることなのだが、どうにも待ちきれなかった。

やがてようやく、正面の扉が再び開き、見覚えのある少女が、初老の騎士に連れられ姿を現す。

「シャラ！」

「っ！　ロスタム！」

俺が声をかけると、シャラも俺の名を呼ぶ。

良かった。二日見も知らぬ人間に監禁されていたためか憔悴しているが、少なくとも五体満足だし顔にも目立った傷は見当たらない。

よく見れば、丁重に扱っているというアピールだろうか、着ているものも見覚えのないしっかりと仕立てられたドレスである。

……そんなアピールをすること自体、逆に何かあるんじゃないかと勘繰ってしまうのは邪推か？

「この通り、シャラザード殿は連れてきた。国王を開放していただきたい」

シャラの付き添いの初老の騎士が、声を張り上げる。

俺相手に臆した様子もないあたり、そしてこの場を任されるあたり、なかなか修羅場をくぐっているのかもしれない。

「いいだろう。シャラをこちらに歩かせろ。俺も国王をそっちへ向かわせる」

言いつつ、俺は視線で魔力を操り、国王を縛る両手両足の縄を切る。

瞬間、国王はがばっと立ち上がるや、一目散に扉へと駆け出し始める。

助かりたくて必死なのはわかるが、やはり一国の王としてはどうにも情けなくは映る。

まあ、だが、国を去る俺にはどうでもいいことだ。

俺も入り口のほうへと向かい、一目散に走ってきたシャラを抱きしめる。

「ロスタム！　ロスタム！　ロスタムぅッ！」

「お帰り……シャラ」

彼女のぬくもりを感じた瞬間、胸と喉にこみあげてくるものがあって、それだけいうのが精いっぱいだった。

これが父性愛というやつかもしれないな。ただただ彼女が愛おしかった。

「殺せ！　やつをたたっ殺せ！　余にあんな屈辱を味合わせおって、娘もろとも八つ裂きにせよ！」

「と、感動に浸ってる場合でもないか」

まもなくここには兵士たちが大挙して押し寄せてくるだろう。

負ける気はしないが、特に恨みもなく王命に従っているだけの兵士を打ちのめすのも気が引ける。

とっとと退散するのが吉だろう。

だが、シャラの次の言葉を聞いた瞬間、そんな考えはすべて吹き飛んだ。

「マルスが……マルスがあいつらに……っ！」

「っ!?　あいつらに、どうした!?」

慌てて問い返す。

マルスはシャラが大切にしている愛犬である。もはやただの犬ではなく、人の目から隠れずっと家に引きこもるしかなかったシャラにとって、唯一といっていい友人だ。

俺の家に来てからも、その仲の良さに、俺もかすかに嫉妬さえ覚えるほどだった。

「ううっ、うううっ、うううううっ！」

シャラは呻くだけで、もう言葉にならないようだった。

ゾクリと最悪の想像が頭をもたげる。

どうか違っていてくれ！　と神に念じつつ俺は問う。

「まさか……殺されたのか……？」

「うっ……うっ……」

こくり。泣きながらも、シャラはしっかりと頷く。

ぽっかりと心に穴が開いたような気がした。

マルスとはそう長い付き合いではない。それでも奴はとても賢く、シャラに従順で、また俺にもよく懐いてくれていたのだ。

「うそ……だろ……」

これからの俺の未来図の中に、ごくごく自然に、彼はいたのだ。

なのに殺された、だと!?

ぷちんと自分の中で、何かが切れた気がした。

どうして俺が、こんな目に遭わねばならない？

どうしてシャラが、こんな目に遭わねばならない？

俺たちはただ静かに暮らしたいだけなのに。

なぜ彼らはそれを理不尽に奪う？

なぜ耐え続けねばならない？

俺たちが一体何をした？

もういいだろう？

衝動に身を任せろ。

ため込んでいるすべてを解き放て。

ずっと心の奥底に閉じ込めていた「それ」が、蠱惑的に囁く。

もう今の俺は、その声に抗う術を持たなかった。

＊　＊　＊

「お、おい、勇者ロスタムが国王陛下をさらって城の奥に立てこもったそうだぞ⁉」

「マジか⁉　ああ、でも、絶対何かやらかすと思っていたんだ、俺は」

「わかるわかる。明らかにやばそうな眼してたもんな」

「最近は半魔の娘をかくまっていたというし、魔族に通じてるのかもしれんぞ」

「うぇぇぇ、救国の英雄が人間を裏切るとか、世も末だな」

「この国、どうなるんだ？　とっとと夜逃げしたほうがいいのかもしれんな」

王都の一角の酒場は、今や勇者ロスタムの話題ですっかり持ち切りだった。

当然といえば当然か。近年でも三本の指に入る大ニュースである。ちなみに残り二つは、魔竜王ザッハーク討伐と、サマンガーンの壊滅だ。

「まさか本当に王を人質に取るとは……」

酔客の声に耳を傾けながら、そう頭を抱えていたのはラクシュである。

彼女もロスタムのテレポートで王都までは同行していた。

勿論、彼女としては当然、国王の誘拐などという大それたことはやめるべきだと何度も説得したのだが、聞き入れてはもらえなかったのだ。

「本当に、あの半魔の娘のことを大切に思っているのだな、兄様は」

ラクシュはボソリとつぶやき、その自分の言葉にズキンと胸が痛む。

その意味に、ラクシュはとっくに気づいていた。

本人には言っていないが、幼いころ初めて出逢った時から、ラクシュは彼に恋をしていた。

だがその時にはすでに姉の恋人であり、諦めざるを得なかった。

姉が亡くなった後も、想いは消えていなかったが、姉によく似た容姿を持つ自分を辛そうに見るロスタムに耐えきれず、身を引いた。

公爵令嬢として、家のためにどこかに嫁がねばならないことはわかっている。

何度も何度も、彼のことは忘れようとした。それでも、忘れられなかった。ずっと胸の奥でくすぶり続けていた。

だから、あの日、ロスタムの住む森を訪れた時、申し訳なく思うと同時に、胸の高鳴りを覚えていたのも事実だった。

だというのに、彼の隣にいたのは、半魔の娘だった。

これが人間の娘だったなら、よかった。姉を忘れたことを、自分を選ばなかったことを寂しく思いつつも、ロスタムが幸せになれるならと祝福できた。

なのに、なぜよりにもよって半魔の娘なのか!?

魔族は自分から家族だけでなく、ロスタムまで奪おうというのか。

憎かった。

悔しかった。

正直、殺したいとさえ思った。

「でもまあ、いい子ではあるのだよな」

カランとグラスの氷を揺らしつつ、ラクシュはぼそりとつぶやく。

あの頃は魔造王イスファンデヤールへの憎悪があまりに強すぎて、そんなことを考える余裕はとてもなかった。

だが今、彼女の心には迷いが生じていた。親の仇を自ら討てたことで若干冷静を取り戻したこと、そしてそこにこの国王や兵士隊長の騙し討ちである。

命を賭して魔王を二匹も討った救国の英雄に対して、この扱いはあまりにひどすぎるのではなかろうか。

イスファンデヤールは自らの研究欲のために命をもてあそぶ外道であったが、国王たちのしていることも、それとあまり大差がないようにすら思えた。

それらと比べれば、あの半魔の娘はいたって無垢であり善良であった。

心から純粋にロスタムを慕い、彼のために献身的に家のことを頑張っていた。

これまではとてもシンプルだった。魔族は絶対の悪。それで事足りた。だが今は、何が正しくて、何が正しくないのか、ラクシュにはわからない。

騎士としての自分、サマンガーン家の当主代行としての自分は、王家に忠誠を尽くせと、魔族など見捨てろと声高に叫ぶ。

それがなにより正しく賢い道だ、と。

だが一方で、ロスタムを応援したいと思っている自分がいるのも確かなのだ。

「いったいわたしはどうすればいいのだ……」

自分は何を望み、何をするべきなのか。

どれだけ考えても、答えは出ない。

そうやって悶々としているうちに時間だけが過ぎていくというのがこれまでの彼女だったが、

今日に限ると違った。

ドォォォォォン！

街全体を揺るがすような轟音が、突如響き渡ったのである。

これはさすがにただ事ではないとラクシュは慌てて店外へと飛び出す。

そしてそこで見たものは――

＊　　＊　　＊

「ぐおおおおおおおおおっ！」

「ロ、ロスタム!?」

突如、獣のごとき彷徨を上げるロスタムに、シャラはたまらずその名を呼ぶが、その声が届いているとは思えなかった。

いったい何が起きているというのか？

シャラにはまったくわからない。

だが、これがただ事でないことぐらいは彼女にもわかった。

「があああああああっ!!」

ごうっとロスタムの身体を黒い炎のようなものが包む。

首筋や頬の鱗が突如増殖し、彼の顔全体を侵食していく。

やがて全体を埋め尽くしたとき、カッと目がくらむような眩い光が弾けた。

ドゴッ！　ガラガラガラ……

「え？　きゃあっ！」

閃光に奪われた視界が回復すると、天井が崩れ落ちてくるところであった。

思わず反射的に目をつぶるが、いつまでたっても衝撃は襲ってこなかった。

「？」

おそるおそる目を開けると、黒い鱗に覆われた巨大な「何か」が彼女を庇うようにすっぽりと覆っていた。

『大……丈夫……か？』

ロスタムの声が響く。

ひどくくぐもって聞き取りにくいが、シャラが彼の声を聞き間違うはずもない。

間違いなく、彼だった。

「う、うん、あたしは大丈夫。ロ、ロスタムこそ大丈夫!?」

『俺に構わず……早く……ここから……逃げろ……』

「えっ!?　嫌だよ。逃げるならロスタムも一緒に……」

『無理……だ……。もう……意識を……保っていられない……だから……早く……』

そこで声が途切れる。

瞬間、目の前でその黒い鱗に包まれた「何か」が蠢く、
ゴオオオッ！　と何かを閃かせると、あたり一面の壁や天井があっけなく吹き飛ぶ。

それでようやく、シャラは「それ」の全容を把握した。

「ロス……タム……？」

シャラは茫然とその名を呼ぶが、もはやそこにいたのはロスタムとは似ても似つかぬ存在だった。

ドラゴン。

それも相当に巨大である。

全長三〇メートルはあろうか。普通のドラゴンの倍以上の大きさである。

「GRURU……GAAAAAAA!!」

ドラゴンは地獄の底から響くような恐ろしい声で唸ると、その口から黒い光を放つ。

その光は、たった一発でその射線上にあった小山を跡形もなく吹き飛ばしてしまう。

「「「「う……う……うわああああああ!!」」」」

そのすさまじいまでの破壊力に、その場にいた全員が阿鼻叫喚の叫びが巻き起こった。

当然だろう。小さいとはいえ山を一撃で跡形もなく消し去るなど、たとえ魔王であろうと絶対に不可能なことだ。

そんなとんでもない化け物を前にして平静を保てる人間はそうはいない。

「に、に、にげろおおおお！」

「あ、あんなん敵《かな》うわけがねえ！」

「お、お、おかあちゃあああああん！」

「こ、こら、余を置いて逃げるな。ぐあっ！　誰だ余を足蹴にしぎゃああああああ！」

何やら偉そうな人間の声が響くが、恐慌状態に陥った者たちは構わずその誰かを蹴りとばし、踏みしめ、我先にと逃げ去っていく。

バサッ！　バサッ！

ドラゴンが窮屈そうに折り畳んでいた翼を大きく広げる。

印象的には身体が二倍ぐらいに大きくなったようにさえ思えた。


その威容はまさに、新たなる魔王と呼ぶに相応しかった。

「GRUU……」

ドラゴンが無造作に尻尾をふり回す。

その範囲にあった瓦礫や壁が軒並み吹き飛ぶ。

かつてその美しさを大陸中に知られたアフサーナ城の天守閣は、もうすっかり跡形もなく吹き飛び、今は視界一面にどんよりとした曇り空が広がっていた。

「GUOOOOOOOOOOO!!」

あらかた吹き飛ばすや、ドラゴンは自らの力を誇示するように、勝鬨《かちどき》をあげるかのように、空に向けて咆哮する。

びりびりと大気が震える。

怖かった。

あまりの恐怖に身体もいすくみ、膝が笑い、今にも腰が砕けそうである。

だが一方で、シャラにはその声が、彼が何かにとても怒っているように聞こえた。

深い悲しみに、哭《な》き叫んでいるように聞こえてならないのだ。


「ロスタム!」

いてもたってもいられず、シャラは喉が張り裂けんばかりにその名を呼ぶ。

その瞬間である。

ピクッとドラゴンがほんの僅かに動きを止める。

「GRU……RU……」

ドラゴンが苦悶の声を漏らす。

シャラもはっと目をみはらせる。

もしや、まだかすかにロスタムの意志が残っているのだろうか？

「ロスタム！　あたしだよ！　シャラだよ！　あたしがわかる！？」

胸に手を当て、必死で訴える。

薬師《くすし》をしていた母の言葉を思い出す。死の淵にいる患者のそばで親しい人間が呼びかけ続けると、意識が戻るときが少なくなかった、と。

今はそれに賭けるしかなかった。

「GRU……」

ドラゴンが首を揺らし、シャラのほうを振り向く。

意識が戻った？　そう期待し、シャラは思わずドラゴンへと一歩足を踏み出し――

「GAAAAAAA！」

――かけたところで、ドラゴンは大きくその顎《あぎと》を開け放ち、猛々しい咆哮を轟かせる。

音が衝撃波となり、小柄なシャラの身体はそれだけで後方へとゴロゴロ吹き飛ばされる。

「ううっ……」

転がった拍子にぶつけたのか、身体のあちこちが痛い。

「あ……れ……」

立ち上がろうとして、しかしカクカクと膝が笑ってうまく立てない。

気が付けば、全身も震えている。

先ほどの一瞬、死をどうしようもなく意識させられたのだ。なんとなくではない、リアルな死を。

まだ一〇かそこらの子供にそれは、あまりにも恐ろしいものだった。

「これぐらい！」

だが、それでもシャラは自らの膝を何度となく叩き、気合で立ち上がる。

そしてよろよろとまたロスタムのほうへと歩き出し、

「うわっ！」

ブォン！　今度は背中の皮翼が一閃、暴風にまた吹き飛ばされる。

距離があったおかげもあり、なんとかたたらを踏んで尻もちをつくにとどまる。

近づくことさえできない。だが一方で、シャラはある確信を深めていく。

「まだまだっ！」

わずかもへこたれず、シャラは三度ドラゴンへと歩を進める。

「GURURURURU……」

ドラゴンがなんとも忌忌しげに唸り声を上げる。

その瞳に明らかに怒りの炎が燃え盛っていた。

「GUGAAAA！」

吼えるとともに、前脚を振り上げ、シャラの目の前に振り下ろす。

当たりはしなかったが、その衝撃でシャラの身体が木の葉のように宙を舞う。

そのまま地面に叩きつけられれば、大怪我しかねない勢いだったが、突如現れた影が彼女を受け止める。

「おい、大丈夫か!?　これはいったいどういう状況だ!?」

「ラクシュ……さん？」

それは犬猿の仲ともいうべき女騎士だった。


「とりあえず確認なんだが、あのドラゴンはもしや、ロスタム兄様か？　そうでないことを心から願っているのだが、あの鱗や、なにより魔力の波長があまり似過ぎている」

ラクシュがシャラを抱きかかえたまま、ドラゴンと距離を取りつつ話しかけてくる。

ロスタムには及ばないとは言え、やはり彼女は優れた戦士だった。

シャラも決して軽くないのに、その動きは実に軽やかである。

「はい、マルスの死を知ったら……兄様が苦しみだし、あの鱗がいきなり増殖して、あのような姿に……」

「なるほど、呪いが暴走しているのか。さっきあのドラゴンが山を吹き飛ばしているのを見たが、やばいな。人の身だった時でさえ、兄様はあのイスファンデヤールをあっさりと屠ったのだぞ。このままでは冗談じゃなく世界が終わりかねん」

「させません」

わずかの間さえなく、シャラは決然と言い切る。

ラクシュは苛立たしげに眉をひそめ、

「いや、させませんってどうするつもりだ？」

「呼びかけ続けます」

「は？」

ラクシュの口から間の抜けた声が漏れる。

「そんなことでどうにかなるものか。あの竜鱗の呪いは、大陸の名だたる聖職者にも、ロスタム兄様にも解くことは叶わなかった代物だぞ」

「知りません。あたしはあたしができることをするだけです」

「ちっ、錯乱しているのか。まあ、兄様があんなふうになったんだ。無理もないか」

痛ましいものを見るような目で見られ、はぁっと嘆息される。

「錯乱なんてしていません！」

「錯乱してるやつはみんなそう言うんだ」

「ああもう！　離して！」

「あっ、こら」

ジタバタと暴れ、シャラはラクシュの手から逃れて床に降りる。

そのまままたロスタムのほうへと向かおうとして、むんずと襟首を掴まれる。

「馬鹿！　死にたいのか！」

「死にません。ロスタムがあたしを殺すはずないです」

「ド阿呆！　ついさっき殺されかけたのを忘れたのか⁉」

「ええ、でも当てはしなかったわ」

自信に満ちた声でそう言って、シャラはニッと笑ってみせる。

ラクシュがますますかわいそうなものを見るような眼になる。

「それは運が良かっただけだ。兄様が自分を攻撃するはずがない、と思いたい気持ちは痛いほどわかるが、な」

「そう何度も偶然が続くかしら？　最初の咆哮も、吼えるだけでブレスまで吐こうとはしなかった。その後も、近づけないよう威嚇するだけで、むしろ必死に手加減をしているかのようだったわ。危ないからどっかいけってね」

「つまり、ロスタム兄様の意志がまだ残っている？」

「ええ。あんな姿になっても、ロスタムはロスタムなのよ」

「ふむ……だから声掛け、か」

ようやくラクシュもシャラの言い分に納得したようにうなずく。

そしてやれやれとつまらなさげに嘆息する。

「いいだろう。正直、ずいぶんと分の悪い賭けとは思うが、乗ってやる」

「……ありがたいですけど、危険ですよ？」

「ふん！　お前の言が正しければ、私も殺されはしないはずだ……たぶんな。ちょっと自信がないけど、きっと！」

途中、声がか細くなっていくラクシュだったが、最後は自分に言い聞かせ気合を入れるように叫ぶ。

いろいろ迷惑をかけたという自覚があるのかもしれない。

「大丈夫ですよ。なんだかんだロスタムさん、ラクシュさんのこと妹のように想ってるふしありましたから」

「妹、か」

大丈夫とシャラなりにフォローしたつもりだったのだが、なぜかラクシュはズーンと表情を暗くしていた。

「まあ、今はそれで我慢するとしよう。よし、やるか！　半魔のお前と共同戦線なんて、正直、虫唾が走るけどな！」

「それはこっちのセリフです！　でも、今だけは協力しあいましょう」

二人はバチバチっと視線に火花を散らせるが、ふっとどちらからともなく吹き出し、コツンと腕をぶつけ合う。

「「ロスタム（兄様）のために」」

お互い、想いは一つだった。


「ロスタム！」

「ロスタム兄様！」

「GAAAAAAAAAAA！！」

「なるほど、あの半魔の言ったとおりのようだな」

尻尾の一撃をあぶなげなくかわしつつ、ラクシュはつぶやく。

自分の周りをちょこまかと動き呼びかけてくる人間を、ドラゴンは尻尾や翼を使って遠ざけようとはするものの、決して当てようとはしない。

あからさまに自分たちにいらだっている様子だというのに、だ。

「兄様、ザッハークの呪いに負けないでください！」

「そうだよ！　負けないで！」

「GAAAAAAAAAAA！！」

鬱陶しそうに、ドラゴンが前脚で薙ぎ払ってくる。

だがやはり全然回避できる速度である。

後ろに跳んでかわすも、しかしラクシュの心は焦燥を感じ始めてもいた。

「これでは埒があかないな」

もうかれこれ一〇分以上呼びかけを続けているが、変化は感じられない。

いや、むしろ状況はどんどん悪くなっているようにさえ思えるのだ。

傍目にもわかるほど、ドラゴンは明らかに不機嫌になっている。

その目が血走り、怒り狂っているようにさえ見える。

煩わしいのに、排除できない。

そのフラストレーションが溜まっているのだろう。

今のところ、わずかに残っているロスタムの意志がストッパーになっているようだが、このままでは近いうちにいずれ堪えきれなくなり暴発するような気がする。

「だが、これなら解呪《ディスペル》が使えそうだ」

ごくごく一般的な、呪いを解除する魔法である。

ロスタムがザッハークの呪いに侵されたと知り、なんとかできないかと長い修練の末マスターしたのだ。

もっともそれでも、彼女程度では高い徳を積んだ神官のそれには及ぶべくもない。

当然、彼らでも解けない呪いをどうにかするなど本来なら不可能である。

だが、彼女にはある秘策があった。

本来であれば、ソレは確実を期すため、高位の神官に託すつもりだったのだが、こうなっては仕方がない。

「問題は直接触れないといけないところだが、ロスタム兄様に攻撃の意志がないというのなら、なんとでもなる！」

さっきまでの攻防で、ドラゴンの動きにも慣れた。

ある程度、パターン的なものもつかめた。

「よし、ここだ」

前脚による踏みつけを交わしつつ、懐に飛び込む。

間近で見るドラゴンの顔は、ひどく凶悪で思わず「うっ」と足がすくみそうになる。

だが勇気を振り絞ってさらにもう一歩踏み込む。

と同時に腰袋の中から「あるもの」を取り出し、ドラゴンの左足へと叩きつける。

「兄様……今助けます！　解呪《ディスペル》!!」

力ある言葉を解き放つ。

瞬間、彼女の手の中にあるソレが激しく発光する。

魔王イスファンデヤールの角。

先の戦いで彼女が得たものである。

角は魔族の象徴であり、そして命の源でもある。

魔力の貯蔵庫でもあり、またそれ自体が魔力の結晶でもある。

これを触媒にすれば、一度きりではあるが、普段の何倍にも魔法の威力を高めることができるはずだった。

「ぐぅっ！」

一瞬、すさまじい魔力の洪水に、意識が吹き飛びかけた。

とんでもなかった。

魔王の力を見くびっていた。

数倍どころではない。

これは一〇倍を超えるかもしれない。

とても自分ごときに扱いきれるものではないと直感的に感じた。

やはり自分は役立たずなのだと心が折れかけ、

『だったら、強くなるしかないだろ。心も、身体も』

先の戦いでロスタムからかけてもらった言葉が脳裏をよぎる。

そのロスタムは、こんなになってもまだ自分を手放していない。

必死に抵抗を続けている。
それを考えれば、あっさり諦めかけた自分が恥ずかしくなった。
『いつか強くなったら、若いやつらに返せばいい』
そんな言葉も思い出す。
どうせ返すなら、見知らぬ誰かではなくて、ロスタムに返したかった。
それはまさに、「今」しかない。
今、強くならなくて、いつ強くなるのだ⁉
そのためなら、この先、『力』を失っても惜しくはない！
「おおおおおおおおっ！」
覚悟を定め、魔力の制御に全力を注ぎこむ。
過負荷に脳のあちこちがズキズキと痛み、視界がチカチカと明滅した。
あまりの激痛に、肘から先の感覚がない。
それでもラクシュは力を籠め続ける。
パァン！　と何かが弾けるような音がした。
見れば術を放っている右手が血まみれになっていた。
術の負荷に耐えられなかったのだろう。
その甲にあった聖痕も、あざ自体が消失している。

あまりにも強力な解呪の力に、神の祝福も吹き飛んだのだろう。

だが、それでも、後悔はなかった。

『ラク……シュ……』

ようやく久しぶりに、ロスタムの声が耳に響いたのだから。

「兄様……」

ラクシュも感極まったようにかすれた声で呟き――

戦慄とともに絶望する。

彼は未だドラゴンのままだった。

呪いは、解けなかったのだ。


「そんな……これでも解けないだなんて……」

カクンと糸が切れたように、ラクシュはその場に崩れ落ちる。

もはや立っている力さえ残っていないようだった。そこまで力を振り絞ったというのに、解呪できなかったというのはさすがに彼女の心を折るに十分だったのだろう。

「いや、そうでもない。呪い自体は解けている」

ドラゴンのまま、ロスタムが穏やかな声色で語る。

「俺の心と体を蝕んでいた、奴の悪意のようなものは、お前の解呪で消え去った」

「じゃあ……じゃあなんで……元に戻らないの？」

そう問うたのは、シャラである。

これまではロスタムの牽制に近づけなかったが、彼が動きを止めたため、そばに来たようだ。

しかし、その姿はひどいものだった。王の間に来たときは卸したての綺麗な服を着ていたというのに、もはやボロボロで見る影もない。手足も擦り傷だらけで血がにじんでいる。

それをしたのは、他でもない自分なのだ。

「……これが俺の本性だからだろう。この恐ろしい姿が、な」

自嘲するように空を見上げ、つぶやく。

「そんなわけない。ロスタムは、とても優しい人だよ」

「そうです。兄様ほど優しい方はまずいません！」

「いや、そんなものは上っ面だ。今回のことで、はっきりと自覚した。俺の中には、自分でもどうしようもない衝動があるんだ。物を、人を、神を、いや、この世界そのものをむちゃくちゃにぶち壊してしまいたいって、そう思わずにはいられない自分がいるんだ……」

確かに、全てにムカついていた。

自分を受け入れない人々に。

都合のいいときだけ頼る人々に。

危機が去るやあっさり手のひらを反す人々に。

神も恨まずにはいられなかった。

なぜ自分からタハミーネを奪ったのか。

なぜ人々のために必死に頑張った自分に、未だ厳しい責め苦を味わわせ続けるのか。

なぜいつまでたっても、報われないのか。

一〇余年、どれだけ考えても、納得のいく答えは見出せなかった。全てを許し、全てを受け入れ、勇者としての使命をまっとうせよ。そんな理想論では、迷いはまるで晴れなかった。

「自分を白眼視する人々に呪詛をつぶやくと、心がすっきりするんだ。魔族のスタンピードに怯える人々を見ると、暗い愉悦を覚えるんだ。力を振るって暴れていると、心が躍るんだ。もっと殺したい、もっと壊したい、そう思う自分が、確かにいるんだ……」

そんな自分が、どうしようもなく嫌だった。

勇者どころか、人としておかしいと思った。自分はザッハークの呪いで、狂ってしまったんだと思った。

だが、違うのだ。

呪いが消え去った今だからこそ、わかる。呪いで多少の増幅はされていたのだろうが、それら『悪意』はすべてまごうことなくロスタムのものなのだ。

ロスタム自身が、感じ、思い、抱き、培ったものなのだ。

「シャラ、お前と出会ったことで、俺は一時、そんな自分を忘れることができた。お前に何かしてやると、心が温かくなれた。うれしかったよ。俺はまだ人間なんだって思えた。けどやっぱり、俺は化け物だったんだ」

「そんなことないよ！　ロスタムは……ロスタムは人間だよ！」

「そうです！　あんな姿になってもザッハークの呪いに耐え、私たちを殺そうとはしなかったじゃありませんか！　兄様にはちゃんと人の心があります！」

だというのに、シャラたちは泣きながら抗弁してくる。

そう言ってくれるのはうれしかったが、ロスタムは寂しげに首を左右に振った。

「いや、自分のことは自分が一番よくわかっている。俺は醜悪な……化け物だ。見ろ、この城の惨状を、自分たちの姿を。そして俺の姿を。これが化け物じゃなくて何だというんだ？」

「……それ……は……」

ラクシュが言葉に詰まる。

当然だろう。ロスタムは自嘲とともに自らの身体を見下ろす。

まったくもって人間とは程遠かった。最強最悪の、魔王すらしのぐ化け物の身体だ。

自分にはお似合いだと思った。

「……化け物じゃないって否定しても、たぶん、ロスタムは受け入れられないんだろうね」

「ああ……こんななりだしな」

「じゃあ、いいよ。化け物でも。そもそもあたしはロスタムがロスタムなら、人間でも化け物でも、どっちでもいいんだから。些細な問題だから」

「何が些細だ。俺のそばにいれば、またこういうことになるぞ。そしてその時は今度こそ死ぬかもしれないんだぞ!?」

「そんなこと、ないよ。ロスタムはずっとあたしを守ろうとしていた。どんな時でも」

「これからもそうだって保障はないんだ。わかってくれ。俺はお前を傷つけたくない。傷つけないでいられる自信がない」

「うん……怖いよね。ロスタムのそういう気持ち、よくわかるよ。あたしもそうだから。半魔はやがて人を害する存在になる。いつかあたしもそうなるのかなってずっと不安で怖かった……。

いい子でいなくちゃって思うのに、どうしても心の中のドロドロが消えなくて、降り積もっていって、いずれ呑み込まれちゃうんじゃないかって、怖くて怖くて仕方なかった。出口がまったく見えなくて、真っ暗な絶望の世界でずっともがいてた」

「…………」

ロスタムは押し黙る。

まさに彼が抱えているのは、そういう不安であり恐怖だった。

それらが心の中を渦巻いて、切り裂いて、押し潰して。凄く苦しくてつらいのに、どうすればいいのかわからない。

こんなもの誰にもわかるわけがないと思っていたのに……。

「そんなあたしを救ってくれたのは、ロスタムだった」

「俺……が……？」

あまり覚えがなかった。確かに自分は彼女に食事を与え、寝る場所を提供し、害する者から遠ざけ守ろうとはしたと思う。

だが、それだけだ。

だいたい自分でもどうすればいいのかわからないというのに、どうして他人を救えるというのか。

「ロスタムが信じてくれるから、あたしも自分を信じれた。自分もそうだよって言ってくれたから、独りじゃないって思えた。頑張ろうって思えるようになった」

「あー、なんかわかるよ。私も失敗で落ち込んだ時、兄様にもそんな時期があったって聞いて、ちょっと気持ちが救われた」

ラクシュが同意してくる。

シャラも頷いて、

「ロスタムは独りじゃないよ。あたしたちはどっちも、人の中では生きられない。だから、一緒に悩んで考えよう。これからどうするか、どうしていくのか。独りじゃ答えを見つけられなくても、二人でならって思うから」

「……まったく論理的じゃないな。希望的観測もいいところだ」

ロスタムはふうっと嘆息すると同時に、きっぱりとそう切って捨てる。

はっきり言って何の解決策にもなっていない。もはやそれ以前の問題である。

「だが、確かに不思議とこれは……何か救われた気になるものだな」

自分は独りじゃない。

そう思えただけで、心の中を覆っていた暗闇が晴れるような気がした。

今までは様々な重圧に押しつぶされ、心が身動きとれなかったのに、随分と軽くなった気がする。

「ロスタム……身体が……」

「む？」

気が付けば、ロスタムの竜体が淡く発光し出していた。

光の粒が次々と立ち上り、それにつれて身体が溶け消えていく。

そして現れたのは――

「これ……は……？」

自らの両手を眺めて、ロスタムは呆然とつぶやく。

人間の手、だった。まだ鱗に覆われてこそいたが、ちゃんと人の形をしていた。

「ロスタム！　戻ってる！　戻ってるよ！」

ガバッとシャラが嬉しそうに抱きついてくる。

一方のロスタムは突然の事態に意味がわからず、ただただ呆然と立ち尽くしていた。

「心の闇が晴れたから、か？」

まだ問題は解決しておらず、意気揚々とまではいかないが、それでも奈落の底から抜けたのは、はっきりとわかる。

そのことから仮説を立てるとすれば、心の闇がダイレクトに鱗として表出するといったところか。

「つまり、闇に呑まれればまたあの姿になるということか」

そうならない自信はなかった。

あのドロドロした感情は、確かにロスタムの心の奥底から湧き上がってきたものだ。またそうならないとは言い切れない。

そして、そうなったらなすすべなく呑まれるだろう。

「シャラ、お前は一緒に悩み考えようと言ってくれたが、いいのか？　おそらくこれからも危険にさらし、迷惑をかけるぞ」

「ぷっ。ふふふっ」

ロスタムとしては今後の為のとても真剣な話をしたつもりだったのだが、シャラはなぜかとても面白いことがあったかのように吹き出す。

「あはははははっ!!」

それだけにとどまらず、お腹を抱えて大爆笑まで始めるではないか。

さすがにロスタムも憮然となる。

「おい、なにがおかしい!?」

「だってあたしの時と全く一緒なんだもん!」

「は?」

何を言っているのかわからず、ロスタムは目を丸くする。

そんな彼にシャラは懐かしそうにはにかんで、

「ロスタムに引き取ってもらうときに、あたしも同じことを言ったわ」

「そういえば……」

思い出した。

確かに、最初の頃は半魔の自分を引き取っていいのかとずっと不安げにしていた。

「ねえ、ロスタム。あたしもこんな身体だから、きっとあなたにこれから迷惑をかけ続けると思うの。だから、お互い様、だよ」

「そうか。お互い様か」

シャラの言葉にまた少し、心が軽くなった気がした。

自分だけが迷惑をかけているのだと思えばなんとも心苦しいが、ちゃんと返せるのだと思うと、申し訳なさも多少は減る。

「兄様。私もこれまでずっと兄様に迷惑のかけ通しでした。いっぱいいっぱい助けていただきました。だからこれからは兄様のためにがんばります。兄様も、変に遠慮しないでください。お互い様、ですから」

ここが好機と判断したか、ラクシュも畳みかけてくる。

「お前も酔狂だな……あんな目にあってもまだ俺を兄様と慕うのか」

「おかしいですか？　恩人を慕うのは当然のことでしょう？」

きょとんとラクシュが首を傾げる。

「ぷっ、ははははははっ!!」

今度はロスタムが噴き出す番だった。

こんな身体になってしまい、もう誰も自分のことなど受け入れてはくれないと思っていた。

無理に決まっていると諦め、拗ねていた。だが、普通の人間でも、意外と近くに受け入れてくれる人はいたようである。

「人生、それほど捨てたもんじゃないのかもな」

空を見上げ、ロスタムはしみじみとつぶやく。

この一〇年、ずっと暗い海の底でもがいていた。

ようやく今、呼吸ができたような気がした。

「とは言え、これからどうすっかな」

心のもやもやはかなり晴れたが、状況だけ見ればいろいろ問題山積みなのである。

国王を拉致監禁し、あげく王城の天守閣を完膚なきまでに破壊し尽くしたのだ。

さすがにもうこの国では生きていけまい。

だが今さら、それほど大した問題でもないように思えた。

「まあ、とりあえずは色々旅して世界を回ってみるか、シャラ？」

「うん！　これからもずっと一緒だよ。ロスタム！」

fin

UG novels UG002

呪《のろ》われし勇者《ゆうしゃ》は、迫害《はくがい》されし半《はん》魔《ま》族《ぞく》の少女《しょうじょ》を救《すく》い愛《め》でる

2017年12月15日 第一刷発行

著　者	鷹山誠一
イラスト	SNM
発行人	東 由士
発　行	発行所:株式会社英和出版社 〒110-0015　東京都台東区東上野3-15-12 野本ビル6F 営業部:03-3833-8777 http://www.eiwa-inc.com
発　売	株式会社三交社 〒110-0016 東京都台東区台東4-20-9　大仙柴田ビル2F TEL:03-5826-4424／FAX:03-5826-4425 http://www.sanko-sha.com/
印　刷	中央精版印刷株式会社
装丁・組版	金澤浩二(Genialoide Inc.)

ISBN 978-4-8155-6002-7

鷹山誠一先生・SNM先生へのファンレターはこちらへ

あて先

〒110-0015
東京都台東区東上野3-15-12
野本ビル6F
(株)英和出版社
UGnovels編集部

本書は小説投稿サイト『小説家になろう』(https://syosetu.com/)に投稿された作品を大幅に加筆・修正の上、書籍化したものです。

『小説家になろう』は『株式会社ヒナプロジェクト』の登録商標です。

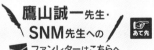